アトリエサード

装画：ebi

目次

かくも親しき死よ——天鳥舟奇譚

壱岐津礼

第一章　境界

（一）

死者の軍勢を見たことがあるだろうか。

ぼくはある。

死にたての、腐りかけて膿を垂らした、骨になった、様々な相の死者が群れをなして、がちゃがちゃと音をたて前進していた。そのおぞましさ。

けれども、彼らの行く手に待つモノに比べれば、死者をおぞましいなんて言う気も失せるだろう。死者に非礼を詫びたくなるだろう。


どうしてこんな事になったのだろう。

まずぼくは、こんな想像をめぐらせた。

（二）

そこは、おそらく赤い空間だ。いや、赤いのは柔らかい壁一面に張り巡らされた細かな網だ。生命の流れる糸で編まれたその網は、空間を浮遊する一本の縄に繋がっていた。網がさらに綯われて縄になっていた。

縄の先に『彼女』が、未だ人の形に成りきっていない『彼女』の〈芽〉が息づいていた。浮かんでいた。浮遊するのは空間いっぱいに液体が満たされていたからだ。そこは温かな海だった。

彼女は壁の赤さを知覚しない。

未熟な目は視覚を得るに至ってはいなかったし、見えていたとしても見えなかったろう。光の一筋も差し込まない場所だったからだ。

柔らかな壁は外部の光を遮断するには充分に分厚く、光だけでない外界の全てと彼女を隔てていた。隔離することで保護してもいたのだ。完璧だと思われる守り。なのに〈それ〉は〈そこ〉に入り込んだ。〈それ〉の接近を彼女はどの時点で知っただろうか。接触を感知することはできたのだろうか。〈それ〉が彼女を侵食し、潜り込み、彼女を彼女たらしめる本質を圧迫し、小さく小さく握りつぶしてゆく感覚は、感触は？

『彼女』が〈それ〉と出遭う少し前、外界で、夜だった。雨だった。

ようやく雨風の色に染まりつつある打ちっぱなしのコンクリートの屋上に一人の男の姿があった。うなじをおおう、肩より少し上で切りそろえられた髪は真っ白だ。

肌にはまだ老斑は無く、張りもあり、血色も良く、こんな完璧な白髪でなければ壮年とも見えただろう。仕立ての良いダブルのスーツも雨に濡れ、グレーの生地はまだらに黒っぽく色を変えつつあった。男は傘をさしていなかった。両手は高く頭上に掲げられていた。

「時が――」声が響いた。

声ではない。

思念が重々しい波動となり空気を伝い、音声とも化したのだ。

波形は男を中心に広がっていた。遥か天を目指し雨雲を突き抜け、成層圏よりまださらに先、上下という価値観が喪われる領域の宇宙塵をまで揺るがせた。

「時が、満ちる。やつらの時が――。星辰が〈類似〉を形作る。完璧な一致ではないとはいえ、極めて近しい形ですぞ。放置されるのですか」

天御中主大神よ！

大音声が、音ならぬ声が呼ばわった。宇宙の中心へと放たれた。目に見えぬ大いなる存在に向けて。

「見過ごされるのですか、捨て置かれるのですか、宇宙、森羅万象の中心に座す神よ！　我らが渾沌より切り出だし、練りあげ、形造り、今日この時まで慈しみ育んできたこの惑星が、あれら汚穢の化身どもに蹂躙されて、かまわぬと仰せられるのですか！」

切迫した訴えは不意に途切れた。掲げられた両の手が、ぱたりと落ちた。天を仰ぐ男の目尻から目頭から二筋、滴がつたった。それは降りしきる雨粒だったのかもしれない。

「地球のことは地球の神が治めよ……」今度は口を開き正常の声として男は呟いた。力無く。

「わかっております。覚えております。そのように仰せられたこと。なればこそ我らも備え、力を尽くそうと……。しかれども彼奴は強敵。眠りの合間にも力を蓄え眷属を殖やしつつあります。忌々しくも……」
弱々しく首を振り、「嗚呼、他方、我らの側といえば……、我らが末裔たる者らの心は弱く、誘惑に脆く、力は損なわれるばかり。そして、我が伴侶は……、あれは……使いたくはないのです……」濡れた瞼を瞬かさせ、「お応え無きも致し方なく存じております。なれど……、なれど、この次元、この宇宙、この星系の辺境の惑星をまだお忘れでないのならば。御心の片隅にでも、面影の残っておりましたなら……!」

声を断ち切ったものは絶望ではなかった。

稲妻とは異なる光が分厚い雲を照らした。

稲妻ではない証拠に消えず、次第次第に強まり、巨大に、点から面へと広がっていった。雲の裏側から。星々の座す側から。宇宙の涯てから、男の頭上に迫りつつあった。

「おお……」男は感嘆にわなないていた。両手は再び天へと差し伸べられた。

「天御中主大神よ！　載大殿主よ！」

巨大な、あまりにも巨大な切っ先が、雲を斬って現れ出でようとした——瞬間、雨天の闇が四方を包んだ。

男はしばし凍りついた。やがて天に突き出された両の手は拳を作った。両の腕は今や怒りにわなないていた。

「何者だ」憤怒に震える声が、打ちっぱなしの屋上の床を叩いた。

「何者だ。次元の壁を超えし得難き恩寵を、我らの救いの鍵を盗み取った者は……！」

（二）

郷改（きょうかい）大への進学を神唯人（じんただと）が選んだ理由は、「高校を出てすぐに働くのは嫌だ」との一事に尽きる。

学業に打ち込む意欲があれば、同じ県内でも国立大を目指しただろう。そこまで能動的でもなく、頭のデキも飛び抜けて良いわけでない自覚のあった唯人にすれば、けしからん、けれども打ち消し難い消極的欲求を満たす途（みち）は一つしか無かった。幸いにして郷改大の学費は私立としては破格の安さだった。

「どうせ大学出たって、家（うち）の手伝いすーことになんのに」呆れたふうに吐き出したのは母だった。

テレビやネットの影響で若い者はめっきり東京言葉に染まりつつあるのに、両親は今でも時折土地の言葉で喋る。年を取るとそうなるのかもしれない。

そして、母の言はもっともだった。国立だろうが私立だろうが旅立つ意欲の無い者の将来は決まったも同然だ。父の経営する観光会社を手伝い、手順を見習い、ゆくゆくは経営そのものを引き継ぐ。倒産しなければ、だ。

昔、異国から漂着した隻眼（せきがん）の詩人が愛（め）でたという、町はほそぼそと観光で稼いでいた。盛況には至らない。

山陰地方の鉄道は便が悪く、客は父のような業者の手配するツアーバスに乗り合わせて山陽から山陰に、県外から県内に、名所から次の名所へと巡るのが常だ。名所の周辺のみは、土産物店、飲食店が申し訳程度に散らばり、あとは宿。年々古びてゆく住宅地。そして田畑だ。

未来に何らかの変化の光が見えるような場所ではない。若者個人の問題にしても、土地そのものの趨勢（すうせい）にしても、だ。

ここに埋もれて生きるのか。中学の頃からぼんやりと唯人は考えていた。仕方がないと諦めていた。ここに生まれたのもさだめだろう。無駄と知りつつ、時に少しばかり足掻いてみたくなるのは、若さだろう。埋もれきるまで、せめて数年の猶予が欲しかった。

父の会社は、風変わりな苗字のおかげもあって「縁起が良い」と、それなりに客の回りが良かった。家に多少の余裕が有ればこそ、切り出せた我侭（わがまま）だった。志望先が県外ならば一蹴（いっしゅう）されたろう。あとわずかでも費用がかさめば取り付く島も無かったろう。

「受かったらな」父はため息混じりにオープンキャンパスの案内書を投げ返した。

郷改大と略される、正式名称、学校法人郷土改革大学という、地元にとって実に鼻持ちならない名称の施設は、じきに元号も変わろうという年に設立された。

山陰の、市街地からも離れ、最寄り駅も近いとはお世辞にも言えない立地が敢えて選ばれたのは、地価が安かったためだろう。

それにしても立案したのはどこの馬鹿か、と、周辺の住民たちは陰口を叩きながらも首をかしげた。若者が集まるどころか、育つはしから山を越え、都会を目指して出て行ってしまう。こんな地域で、若者のための施設を作ったところで無意味ではないかと思われたのだ。

地方に、空虚だけを抱く箱物が据えられること自体は珍しくない。しかし学校など、中に詰め込む者無しには数ヶ月ももつまいに。

建つ位置も、また眉を顰（ひそ）めさせた。

或る種の聖地、「不吉な」聖地ともいえる不穏な噂絶えぬ場所に、ほど近かったのだ。

前触れがあれば反対運動も起きただろう。前触れなど無かった。土地の買収は人知れず行われ、はっと気づいた時には基礎杭は深く打ち込まれ、敷地は工事用の仮囲いに囲まれていた。

傾斜地に突如現れた囲いの形状はどことなく、山腹に乗り上げた巨大な船を思わせた。高さを増してゆく建造物群は、船体のイメージを一層、強化した。たとえて言うならば、陸に築かれた豪華客船の様相だ。海側に船尾を向けて、いったい何処（いずこ）に船出するというのか。

不吉な聖地を漂うという霊は工事を妨（さまた）げなかったようだ。教員、職員、学生のための寮や図書館、病院までも含めた建築物は、とどこおりなく完成の日を見、驚くべきことに、中に充分な人を収めた。

当初、数ヶ月ももつまいと思われた忌々しい名の施設は、さらに十余年持ちこたえて周辺住民を瞠目させたのだった。


国道から外れ、なだらかな斜面に半ば埋もれるように建設された、近づく施設群を目のあたりにして神父子は揃ってぽかんと口を開けた。

田園の只中に突如現れた異世界である。周囲との調和など設計者は考慮しなかったらしい。また、この規模の施設ともなると、どう工夫しようとも、田園らしい一帯の鄙（ひな）びた風情とは馴染ませようもないだろう。

通常ならば傾斜に合わせて階段状に整地するだろうところを、設計者はあくまでもキャンパス全体を平らにすることに偏執的なまでのこだわりを抱いていたらしい。周囲の最も低くなる箇所まで甚（はなは）だしい盛土によって境界はそそり立っていた。

二輪も四輪も敷地内に侵入するためにはぐるりと回って舳先（へさき）状の柵の開口部から乗り入れるしかない。そこが駐車場であり、駐輪場となっていた。バイクは少ない。駐輪場に並ぶのは自転車ばかりだ。

門から入って数メートルの位置に通学バス用と思われる時刻表の看板が立っていた。時刻表脇のベンチを横目に車を進めて父子はなんとか駐車場奥に降り立った。意外にも、見学者のものと思われる車が多く停められている。

玄関を入れば、大ホール、大小の教室が並び、奥は図書館、研究棟や寮などに繋がっている。階段は地下にも伸びていたが関係者以外は立ち入り禁止。エレベーターの各階ボタンは地上のみとなっていた。最上階の食堂は広く清潔で明るく、メニューは豊富だった。味も悪くない。隣接する生協も充実している。付近に学生目当ての商店が見当たらないわけだ。郷土改革大学はこの点では地元の経済賦活（ふかつ）剤としては、あまり役立っていないと見受けられた。

ただ、卒業してそのまま職員に採用されるケースも少なくないという。無ければ県外に流出したかもしれない若者たちを足止めする堤防の役割は果たしているようだ。

おまけに病院もある。

医療の貧弱な地域で大学附属病院は貴重なライフラインとなりつつあった。設立当初は陰口も喧（かまびす）しかった近隣も、このところはおかげで静かになってきた。もっとも、「不吉」な聖地に近いこともあり、入院は忌まれて、どこも病床不足が叫ばれるこのご時世に病棟のベッドは空きが多い。入院患者は、ほぼ学内関係者らしい。

屋外はそれなりに植樹され、花壇もあり、タイルで舗装された遊歩道はなかなかに洒落ている。日当たりの良い一区画は畑となっていた。農学部もあるのだ。

「おまえ、あれやるのか」顎で示した父に、唯人は曖昧に首を横に振って返した。「うちは農家だないよ」

父が相手なこともあり、つい訛ってしまった。

「この辺で役に立ちそうなもの、他にあーのか？」

「医学部とか」

「医者になれる頭じゃねだらがが」

「大学が力入れちょーのは、考古学に、古文書学と郷土史だって」

「役に立たん」

「話のネタにはなるよ。そーに会社の仕事なら、どのみち実地に覚えなきゃ、だろ」

墓穴を掘ったかもしれない。みるみる渋くなる父親の顔色を伺いながら、髪の中をつたう汗を唯人は感じた。父にしてみれば、金を出してまで無駄な時間を過ごさせるよりも、高校卒業後すぐにでも家業を手伝わせたいのだ。

バイク通学は禁止だという話に一層険しくなる父の表情を見て唯人は、ダメかもしれない、と、目を閉じた。送迎バスが有るとはいえ巡回範囲は狭く本数も少ない。アクセスの悪さを考えれば入寮が妥当だ。出費がかさむことになる。

寮費を確認し、「将来の社長が高卒ではサマにならんからな」自身に言い聞かせている父の呟きに、ほっと胸を撫で下ろした。

「四年きっかりで出ろ」厳粛な命が下った。「一年でも無駄にしちょーら許さん」

その前に、「まずは受からんことにはな」

（四）

窓の無い部屋だった。

厳密には窓はあった。全て閉ざされ塞がれていた。部屋は地下に存在した。地下の窓など、いったい何の役に立とうか。現に室内には日月いずれの光も届かない。人工の照明だけが皓々と壁を、床を、四隅までを照らし、わだかまろうとする陰を掃き散らしていた。

影は落ちていた。一つ、二つ……、全部で五つほどか。みな、閉ざされた窓を左手に、壁を背に腰かけていた。椅子ではない。四本の脚を交差させた、古めかしい床几（しょうぎ）に、である。机は一台も用意されていない。

向き合った側の壁の前には棚がしつらえられ、一枚の鏡が据（す）えられていた。天井からの光に照り映える鏡面にガラスは張られていない。平板な円形の金属を磨きぬいただけの古色蒼然とした鏡である。

鏡に最も近い、五人の先頭に座す男は白髪だった。今は羽織袴をまとっているこの男が過去に、彼らの集う建物のできて間もなかった去りし日に、雨天に向かって何事か祈っていたと、他の四人は知っているのかどうか。

「霞ヶ関の様子はどうだ」男が問うた。

――いけませんな――

答えた声は男の後ろではなく前方、鏡と男の間の宙空から発せられた。

よくよく見れば何か居る。

光の靄といおうか、柱といおうか。輪郭は不明瞭ながら、人工の照明のくまなく照らし出す中に、さらに眩い輝きが、いくつもいくつも並び揺らめき立っていた。光はなおも増えつつあった。部屋の一隅に据えられた鏡面より、次から次へと立ち現れるのだ。その中の一つが応えたのだ。

——例の顔が、日増しに数を増しております——

「永田町は」

——言うに及ばず——

「皇居はいかが？」男の斜め後ろに座る初老の女の問いにも。

——言うに及ばず——

「宮内庁の挙動は以前より不審であった」男の口調は苦かった。「現在の都は陥ちたとみてよかろう」

「古都はいかが？」

——観光客ぶった蛙どもが跳梁跋扈しておりますことよ——

異なる光が、不機嫌な笑みともいえそうな気配を含ませて返した。

——どうやら、あの地の結界は、ほころび果ててしまったようで——

——太平洋側、いえ、人の行き来の盛んな土地の全てで、あの顔を見ぬ場所などありませぬ——

「なまじな交通の発達が仇(あだ)となったか」

女の隣に座す肥えた男が、ふっくらとした顔に、ふっくらとした手をあて、苦悩するかに伏せた。

「先の大戦前までは、大洋を隔てた大陸——と、件(くだん)の島のみにとどまっておったものを」

「大戦そのものがあやしいと思わぬか」別な少し若い男が口を挿(はさ)んだ。「あの狂騒、あの流血。どこまでも拡大を続ける戦場。降り注ぐ火炎……。天をも焦がす火柱……。正気の沙汰ではなかった」

「思兼命(おもいかねのみこと)」別の女が遮った。「あの戦(いくさ)では大陸の反対側でも火の手は上がりましてよ。狂気の沙汰も。お忘れで？　全ての凶事の要因が『あれ』などと」と。

「闘争がこちら側にのみ限られていたと、なぜ断言できる？」思兼命と呼ばれた男は反駁(はんばく)した。

「敵の拠点が一つ、ヰ・ハ・ンスレイの所在は大西洋の側だ。禍々(まがまが)しきバミューダも。そもそも有史以来、彼奴らとの合戦は、この惑星(ほし)のいたるところで行われた。そのためにいくつの大陸を沈めねばならなかったか……」


——霊夢理有(れむりあ)……——

——望得(むう)……——

——蹟蘭照伊須(あとらんてぃす)……——


失われた地の名が繰り返し唱えられた。せつなげに。悲しげに。悔しげに。

「勘繰りすぎです。元より人は争いを好むもの。戦など、それこそ有史以来、絶えたためしの無いものを」

「それよ。その人の性(さが)も、元をたどれば天地開闢(てんちかいびゃく)のあの時。我らが宇宙の塵(ちり)を吹き寄せ形造り、生命を吹き込まんとしたあの時、飛来した彼奴らが毒を注(そそ)ぎ込んだため……！」

――口惜しや。このような醜い世界になるはずではなかった――

「美しい生命が育つはずであった」

――歪められてしもうた――

「何が〈旧支配者〉だ！　何が〈偉大なる古き神々〉だ！　我らが耕した畑に病の種を撒き、根も葉も果実も蝕んだ！　我らが得るべきであった成果を奪い盗った不埒者よ！　盗んだ上にさらに奪おうとしている！」

――叶うことなら、この惑星を砕き、再び塵より練り直そうものを――

物騒な言葉が吐かれた。

――げにこそ――

――げにこそ――

嘆きが憤りと化し伝播した。危険な決意が部屋を満たそうとしていた。

「ならぬ」白髪が右手を挙げ、制した。「形を成してしまったからには惑星の寿命の尽きるまで、護らねばならん。載大殿主の命により」

――載大殿主――

呼応するかに一面に林立する光の柱が揺らいだ。

――載大殿主――

――載大殿主――

こだました。

――載大殿主――

――我らを返り見てもくださらぬ御方――

「恩寵はあった」と、再び白髪。

「その恩寵を、貴方様はみすみす奪われてしまったのでしたね、凪原理事。いえ、伊弉諾尊様」初老の女の言の葉の棘の一閃。凪原、いや、伊弉諾尊と呼ぶべきか。白髪の男を装った〈地球の神〉は石の表情となった。

「さらには天照様も」別の女が追い打ちをかけた。「動かれぬとか」

これには初老の女の表情も固い。

――恒星の軌道を揺るがせにはできぬと――

――地球の神ならぬ、太陽系の神にでもなられたおつもりじゃ――

「月読殿は」

——月に我らの避難所を建造中だそうな——

——たわけたことを！　——

——惑星の神である我らに、衛星の神になれとおっしゃるか——

——とんだ戯言（ざれごと）——

——地に下りたくないのであろう——

——意気地の無い——

——神代よりそうであられた——

——素盞鳴（すさのお）殿は——

——誰にも従われんよ、あの方は——

——勝手に振る舞われよう——

——どなたもこなたも——

——頼れぬお方——

「今一つ、手が残っておる」苦渋の声が、ようやく石化より解かれつつある唇から絞り出された。

「そのために黄泉返（よみがえ）らせたのだ」

——身ごもった女を差し出させ——

——胎児の中（うち）に、召（よ）び出した——

「あの方ですか」初老の女の胸にも何かどよもすものがあるらしい。声音に動揺の色が滲んでいる。

——欲の亡者どもの手を借りて——

——黄泉(よみ)の呪言(じゅごん)の解けたなら、永生も叶おうとて言い聞かせ——

——左様なことの成るはずもないものを——

——我らの真の謀(はかりごと)も知らず——

——あの生ける亡者どもは——

——不死と聞けば何にでも飛びつく——

——謀(たばか)られているとも知らず。哀れな者よ。小さき者よ——


「なれど」と、思兼命が不安の言の葉を挿しはさんだ。「あの者どもは〈深きものども〉に鞍替えしたのではありませぬか。我らにとっての瞬時も、彼らには長く感じられましょう。人の寿命は短いのです。痺れをきらしたのでは？　或るいは、約定の成らぬことを覚られたのでは」

「片や、忌まわしき〈深きものども〉の不死は目に見えまする」同調する女。「忌まわしき約定は、不死に限れば確たるもの。欲深き者の心変わりも致し方なきこと」

「今後の支援は期待できますまい。むしろ妨害があるやも」

「俗世の支援など」完全に息を吹き返し、伊弉諾尊は吐き捨てた。「もはや不要。また、小さき者の小さき企みなど物の数ではない。間もなく彼の忌まわしき地(ルルイエ)は太平洋に浮上する。時至れば、あれの封印を解く」事成れば惑星の命運も決するであろう。他の全ては些事(さじ)であろう、と。


——しかし、あの方は——

「器が幼うございます。まだ……」

「子を成すための器ではない。力を振るうに不足は無かろう」

――しかし、あの方は――

――正気を喪っておられます――

「我が導く」言い切って、「愛であろうが、憎しみであろうが」白い眉の下の眼を、ふと翳らせた。哀しみに。「愛であろうと、憎しみゆえであろうと、我が姿を見止めれば必ずや、あれは追ってくるであろう。彼の時のように……」

一転、愁いを振り払い、「この十余年で、我らの力のよすがともなろう依童らも随分と集められた。これは成果であろう」

おお……、と光の群れがさざめいた。歓びの声であるらしい。

――肉の身体をまとうは久方ぶりよ――

――軸となる肉体を持たぬと、どうも力が散じて――

――肉無き顕現は、長くはもたせられんでな――

「良き手本となってくれた。何といったか、あの――」

「アーカム」

――太平洋の向こう――

――此度(こたび)の戦場となろう海を越え――

――大陸を横断した西岸の――

「マサチューセッツ州、アーカム」

「そう、アーカムの」

「ミスカトニック大学」

「汚穢(おわい)の交差する呪わしき場と成り果ててはおるが、良き思いつきよ。『大学』とはな。人も集まる。書も集まる」

「いかにも、あの地には集まりました」

「ナコト写本」と、女が唱えた。打ち返すように男が「無名祭祀書」

続いて『屍食教典儀』

『妖蛆(ようしゅ)の秘密』

『ドジアンの書』

『エイボンの書』

一つ書名が唱えられるごとに、人の身体を持つ者も、光の群れも、小刻みに震えた。名を挙げるだけでもおぞましいというように。おぞましさに耐えられぬとでもいうように。

最後に、「死霊秘法(ネクロノミコン)……」

――邪(よこしま)な書を集めたばかりに彼(か)の大学は穢(けが)れ地となった――

——功もあるが——

——壇以地(だんういっち)の件か——

——犠牲も出ておる。駄阿眉以(だあびい)やらいう者、宜留慢(ぎるまん)やらいう者——

——たかが小さき者の一人二人——

——その小さき者の力をも、必要としているのではないか、我らも——

——さすればこそ——

「我らは、逆を為すのだ」厳(おごそ)かに伊弉諾尊が宣言した。「ミスカトニック大学の逆をな」

——我らのための書を集めさせよう、記(しる)させよう——

——記述者を育てよう。養おう——

——我らのために術を為す者を——

——我らの術に従う者を——

——来よ。我らのための器よ、依童よ——

「そして、我らのためのアブドゥル・アルハザードよ——」

第二章　〈神〉の呼び声

（一）

――面白い名前ですね。

面接教員の言葉に、はあ、と間の抜けた返事をした。

父のように、苗字をネタに営業トークを繰り広げるべきだったろうか。部屋を後にしてから、うなだれた。この二代目は、会社を継いだところで、あっという間に潰しそうだ。

推薦枠で受験した唯人に与えられた機会は小論文と面接だけだった。事前の準備のほとんど要らない楽な受験である一方、ミスをすれば挽回は難しい。どちらにも「イケた」という感触は無かった。自分の限界を感じる。ぼんやりとした落胆があった。

『合格』のしらせは、呆（ほう）けて受け取った。

元々、気合の入らない動機での受験だ。喜びといって特に無い。拍子抜けした気分を味わっただけだった。四年は働かずに済む、という、猶予期間確定には、少し胸を撫で下ろしたかもしれない。

家から寮への小さな引っ越しの準備に、母だけが慌ただしげだ。

父は一言「送ってやる」と、のみ。

三月下旬、最後の荷をワゴンの後部に積んだ時、玄関に寝ていた老犬の諭吉がよぼよぼと起き出してきた。何がどう混ざったのかも不明な、雑種であることだけは確かな犬だ。

「商売人にとって一番、験のいい名前だ」と父が名付けた。子供の頃には、リードを持つ唯人を引きずる勢いで走って困らせた。このところはずっと三和土で寝てばかりいる。のが、何を思ったか、おぼつかない足取りで唯人の後を追ってきた。

「長く留守にすーのがわかるのかなあ」毛並のごわついた首筋を撫でてやっていると、父が、「こいっつも、もう歳だけんな」ワゴンの後部扉を閉めながら「休みのたびとは言わんが、たまには顔を見せにえんできてやれ。あと何度会えるかわからんぞ」がらにもなく感傷的なことを言った。


「きょーとから来ましたぁ」

京都を「きょーと」、と独特の抑揚で発音した隣室角部屋の若者は、「氷上永留、いいますぅ」自己紹介がてら、缶入りの菓子を押し付けてきた。

「引越し蕎麦の代わりですぅ」見れば蕎麦ぼうろと書いてある。

「です、ます」の「す」の語尾も「すぅ」と気の抜けるような喋り方をする。人を小馬鹿にした感じで気に食わない。当人、その気が無かったとしても気に食わない。他所に来て郷の言葉を隠そうともしないやつはコンプレックスの無いやつだ。都会人が僻地の私大に何をしに来たのか、と、唯人は思った。

寮に入ってみて知ったのは、入寮者の出身地が思いのほか多彩だということだ。ある意味ちょっとやりにくい。地元の大学なら、もう少し気楽でいられるかと思っていたのだ。

もちろん大半は地元市内、県内、隣接する県の者が占める。が、「きょーと」の氷上だけでなく、四国や九州、北海道、果ては海外からすら、この、何の価値があるのかもわからない私大に流れ込んでいる。卒業して肩書に泊が付くとは思えない。

あるいは、彼らが卒業生となった後もここに留まるのなら、地元の人口減少をせき止めるのみならず、増加にも寄与しているのかもしれない。

「キョウトからハ、もう一人、来てルらしい聞きマス」新歓コンパでたどたどしく話しかけてきたのは、最も遠方から来た男だった。彫りの深い顔立ちに口髭がよく似合っている。パトリウス・カシマティと名乗った。驚くことにギリシャ人だという。京都も吹き飛ばす物好きだ。それが、唯人らに同調するかに、物珍しげに「ヒカミくんのカノジョさん聞きマス。ウラヤマシイ思うマス」などと言う。

「ええ……と、ミスター・カシマティ」

「ミスタ、やめてくだサイ。パットでおねがいするマス」

「パットには彼女、居ないんですか？」

「別れマスた。ココ来ル前。カノジョない、妻デスた」

パット・カシマティは唯人らと同い年ではない。母国で一度大学を卒業し、仕事にも就き、それらを放り出して来たという。歳は三十五。親の脛（すね）かじりな若人（わこうど）とは違い、学費は自腹だ。

もしかしたら離婚の原因は、この奇行ともいえる日本行ではないだろうか。そう思ったところ、「四年モ待つできナイ、言われマスた。追いカケてキてクレるカノジョさん、ウラヤマシイ」さもあろうと、うなずける返答だった。

コンパといっても会場は構内の食堂だ。開けていない土地柄、飲み屋は元より皆が集まれる規模の飲食店も無い。

学食そのものはすでに店じまいしており、学生たちが生協で買い漁った飲料、菓子、食料を、テーブルというテーブルに広げ雑然としている。参加者のほとんどが寮生。自転車通学が可能な者はともかく、送迎バス利用者は帰ったか、居残っている者は、近隣の友人宅か寮生の部屋に泊まる心づもりらしい。

実質、寮生のための無礼講だった。パット以外にも外国人の姿がある。自宅から通えるはずのない彼らが寮に居るのは当然だ。

「彼、インドから来た聞きマスた」精悍な印象の日焼けした青年をパットは示した。「アニク・ヴリトラハンいうそうデス。勇ましイ名前」喋り方こそたどたどしいが、パットは複数の言語に通じているようだ。付き合いも広そうだ。

「飲むマスか？」手元の缶ビールを持ち上げウインクした。

「未成年なんで」慌てて両手を顔の前にかざし、唯人は断った。

無礼講とはいえ会場が校内だけに、こんな場でも教員の目が光っている。うっかりペナルティをくらうわけにはいかない。視界の隅には、アニクと呼ばれた青年と談笑している教諭の福々しく肥えた姿があった。名は確か大黒（おおぐろ）。舎監長も兼ねている。

「コレ、ノンアルでス」

「えー……、本当ですか？」

「ワタシ、ホンモノいただきマス」唯人の手に、ノンアルだという缶を押し付け、別の缶に手を伸ばした。

「ココ、ゴハンおいしい。けど、こっち、味残念」

そりゃ、大学だから。と、見守る前で、言葉のわりには美味（うま）そうに口髭を汚した。

「……パットはどうして」

「ナンですカ？」

「パットはどうしてここに来たんですか？」それも、遠いギリシャから。

「ココ、カミサマたち集まる、聞くマスた」

「日本が？」

「いえ、ココ」

「それは……」隣の市のことじゃないだろうかと、幼い日に父に連れられて目にした大鳥居と参道を唯人は思い浮かべた。「学校には居ないよ」

「わかってるマス。でも、スグ近くネ」

やっぱり。

神々の集う国。

日本の心の故郷(ふるさと)。

他所では神無月(かんなづき)と呼ぶ一ヶ月を隣の市だけが神在月(かみありづき)と呼ぶ。

そんなものは商売のネタだ。唯人の父のような業者の生活の糧(かて)だ。

幻そのものな言い伝えに惹(ひ)かれて来るだなんて。遠く故郷を後にして、妻とも別れて。昔の詩人以上のロマンティストじゃないか、始末に負えないくらいの。

二重まぶたの両眼をぱっちり開いた異国の男を呆れた目で眺めた。この場から男の故郷までより遠い距離が、多分、二人の心の間には有る。

「ジンさんハ」

「さん、は、やめてください。タダト。言いにくかったらジンで」

「ジン、ハ、カミサマ信じるマスないネ？」

「うーん……」その通り、とも答えられず、「目に見えないものはわからないから」言葉を濁した。

「ワタシ、感じるマスた。見えナイけど、感じるマスた。前、旅行来タ時。呼ばれてル、思うマスた」

そういうのは、キリスト教が大勢を占めるヨーロッパの人間にとっては異教的、という考え方ではないだろうか。異端ではないだろうか。それに、「神々なら、ギリシャにだって沢山いるんでしょ？」

「ワタシ、思うマス。ギリシャのカミサマ、ココのカミサマ、親戚ネ」パットは真顔だ。酔っているふうでもない。

本気で神々を語る外国人。自分よりも氷上あたりの方が話が合うんじゃないだろうか。都会からわざわざ田舎の私大に来たあいつ。そういえば京都も迷信の方面では負けていなかったし。その分、すれてもいるかもしれないけれど。

と、見回して、氷上が会場内に居ないことに唯人は気づいた。

郷の言葉を隠そうともしない氷上は、寮でも教室でも浮いていた。嫌われているというほどでもないが、どこか遠巻きにされ、どの群れにも混じらない。迎合を好まない性格にしても新歓もパスするとは、よほどに偏屈なのか、孤立が怖くないのか。

一方で、妙に義理堅いところもあった。

菓子を持って挨拶に来た。もらうだけもらって、こちらからは返していない。

ずっと胸に引っかかっていた。もやもやとしたやましさにも似た気持ちを思い出し、唯人は手にした飲料の缶に視線を落とした。

（二）

「そんな、気ぃ使わんでもええのに」

お開きの後、隣室を訪ねた唯人に京都人は言った。訪問自体は嫌でもなかったらしく、大きく戸を開いて、上がるよう身振りで促した。

靴を脱いで上がった一間は、秩序を持って散らかっていた。勉強机の上にルーズリーフと筆記具、タブレット。スマホは充電中だ。教科書と参考書は、広げられているものを除いて床に積み上げられている。積み上げた山が少し崩れている。何冊かが蹴り飛ばされたように部屋の隅に転がっていた。「なんも無いけど、まあ」

多少埃っぽいがゴミは目立たない。ベッドの掛け布団はまくり上げられたままに偏り、パジャマ代わりだろうか、グレーのスウェットが脱ぎ散らかされていた。

氷上自身は洗いざらしの、と言えば聞こえは良いが、要は洗いじわも伸ばさぬグシャグシャのシャツに、これも着古したふうな色あせたジーンズ姿だ。教室から帰ってきたなりのようだ。

「椅子、一つしか無いから、そっちかこっちか」机の前の椅子とベッドを交互に指さし、「好きな方、座っといて」ワンドアの冷蔵庫を開けようとした。中でチャプンと、二リットルのペットボトルが音をたてた。

「あ、あ」そっちこそ気を使うな、だよ、と、コンパの戦利品の缶を差し出した。「これ、あるから！」

「ビール？　あかんやつちゃうん」

「ノンアルだって」

「俺ら、買えへんやん、認証引っかかって」

「飲むのは差し支えないって」

「ふぅん？」

矛盾のかたまり飲料の片方を受け取って、ま、おおきに、と目の高さに持ち上げた。

「この前、お菓子もらったからさ」

「あぁ、あれ」冷蔵庫の前から戻ってきた氷上はどさりとベッドに腰を下ろした。「酒木から回ってきたんをたらい回ししただけや。横着して悪いくらいや。まあ、座り」

二度促され、唯人はおずおずと椅子を引き出し腰をかけた。

「酒木って」酒木千羽矢、氷上と同じく新入生の群れから浮いた女子の澄ました横顔が浮かんだ。通りすがりに見かけるだけの。パット・カシマティから噂を聞かされた。「君の彼女？」

ぶほっ、と、飲みかけた泡を氷上は吹き出した。

「そんな噂、たっとるんか。かなんなぁ」

「違うわけ？」

「幼馴染、ただの幼馴染や。家、近かってん。通一本挟んだ向こうでな」

「君を追いかけて来たって言われてるよ、彼女」

「知らんがな」冷たいことを言う。「あいつがどぉゆうつもりやとか、知らんがな」

「冷たいなあ」

「そな気ぃなるんやったら、自分、付き合うたったらええやん」

氷上の言う『自分』が、二人称の意だと気づくのに数秒かかった。

「え？　えええええ！」

「リアクション遅いな」

「変なこと言うからだよ！」

「その気ぃ無いんやったら、ほっとき。余計なお世話や」

「別に……」手にした缶飲料に唯人も口をつけた。苦い。二十歳を過ぎたら、これを美味いと思うようになるのだろうか。本物の酒は違う味がするのだろうか。「君と酒木さんの関係がどうだとか、ぼくだって知ったことじゃないし」

「ふぅん」ぐびりと缶を傾ける氷上は、それを美味いと思っているのか不味いと思っているのかよくわからない。

間違いだったかもしれない。

訪ねたことを後悔した。今までも親しくない。この先だって、部屋が隣合っているのもたかが数年。すれ違うだけで過ぎてしまう。氷上の言うとおり、押し付けられた焼き菓子程度、気にかける必要など無かった。

気まずさに目を逸らせた。先に、ルーズリーフの罫線上を走る癖字があった。

「勉強、してたんだ」

「ん？」

「新歓パスして勉強してたんだ」

「いや、ゲームしとった。スマホゲー」充電中の端末を指し氷上は苦笑した。「そない真面目そうに見えるか？」

「じゃあ、なんで」

「めんどくそぉて」ほっ、と一息吐いて「来たばっかで知り合いもおらへんわけやん。苦手やねん。あっちにもこっちにも気ぃ使ぅて何時間ゆうん」

「知り合い作るための新歓だろ」

「それがめんどくさい」

「付き合い悪いんだな」

「自分は付き合いええ方やな」

また二人称の『自分』。何か揶揄されてるような、責められているような気分になってきた。潮時と感じられた。義理も果たしたことだし。「邪魔してごめん」席を立った。

「いや」返ってきたのは、意外にも率直な声だった。素直な響きだった。「邪魔や、とか思てへんえ。マジ。気ぃかけてくれてありがとうな」

礼を言う時の癖なのか、目の高さに持ち上げられた缶の、手の陰に見える口元は、笑みは、少し不器用そうに見えた。

立ち去ろうと立ち上がって去りかねた。中途半端な姿勢で問いかけたのは、不器用な笑みを見てしまったせいだろう。「あの……」

「何?」

「一つ訊いていいかな?」

「で、何?」

「どうしてここに来ようと思ったわけ?」

笑みが消えた。地雷だったかもしれない。いや、怒ってはいないようだ。ただ、表情は一瞬前よりも明らかに翳った。

「あんな……」曇った声。何かためらっている。

今度は唯人が「何？」と返す番だった。

「変な話、してもええかな」

「だから、何？」

「なんか……、呼ばれてる気、せえへんかったか？　ここに」

今夜、二回、聞かされたフレーズだった。

（三）

エドワード・ウェイト（地上を歩く間の名だ）は、コンテナを山盛りに積んだ船より降り立った。インスマスからボストン、上海、釜山を経由して一ヶ月を超える長旅だった。

飛行機を使えばもっと早く容易く来ることができたのだが。また、一般人には飛行機の方が気楽な旅となるだろうが。敢えて船員として潜り込んで長く航海したのは、旅の間通して潮風を感じていたかったからだ。いわばウェイトなりの我侭だったが祭司長は許してくれた。

コンテナ船の乗員数は船の大きさ、積荷の量に比して少ない。だから作業についていない間は、かなり気ままに振る舞えた。深夜、当直に立っている同僚の目を盗んで、或るいは自身が当直の夜、裸身となり舷側から縄梯子を下ろしてつかの間海に身を浸す時もあった。

彼は海を愛していた。違う。もっと深い絆で結ばれている。海は彼が、彼の一族が最後に還る場所だ。波の下、遥かなる深み。陽光の届かぬ底で自身が蛍光を放ついくつもの異形のテラス連(つら)なる壮麗(そうれい)なる宮殿、ヰ・ハ・ンスレイ。そして彼らの大いなる神の御遣(みつか)いの眠る奥津城(おくつき)。彼も早く召(よ)ばれたかった。波間のテラスの、もしくは大神殿の絶え間なく揺らぎ続ける柱の合間を泳ぎたい。

まだ早い。二本の脚で歩ける間は。肺で大気を呼吸している間は。使命があるのだ。一族に課せられた使命が。

この国には過去に数回訪れているが、この埠頭(ふとう)は初めてだ。どうしてこんな僻地の港につかわされたのか、と、もうかなり変形の進んだ口でウェイトは舌打ちをした。

この国の中枢は、ほぼ掌握(しょうあく)したはずだ。彼らの存在を警告する書も者も持たない、軽薄な国は実に攻略しやすかった。今更何を警戒するというのか。

地上の教団の司祭がくだらない観光パンフレットを目にしさえしなければ、と、考えるのだ。

彼らに似た姿の彫像が写っていた。

デフォルメされつつも、彼らの成るべき姿を思わせる水かきのある手足。おそらくは両生類を思わせるだろうぬめっとした肌。顔貌(がんぼう)の相違は、彫像の元となった戯画(カリカチュア)を描いた画家の手癖によるものだろう。だが、背に負われた甲羅は何だろう。頭部に冠状に巻き付く髪とも棘とも見えるこれは何だ？　画家の錯誤か。何かの情報の混交か。

この島国の、狭い海域に面したこの一帯に同胞の集落があるとは聞いていない。なのに低俗なパンフには、昔より存在が伝えられていると書かれてあった。

現地視察だけならばもっと若輩の者に任せればよかった。この島国の都市部には、まだ変化の始まっていない同胞を多数送り込んでいるのだから。

視察だけでは足りないから彼が来たのだ。見極め、必要とあらば交渉する。ウェイトは対象を見る目も鋭く交渉にも長けていた。司祭らが彼を抜擢した理由はそこだろう。一日海から離れれば苦しむ身体になっていると知りながら。

期待に応えねば。連絡の途絶した同胞ならば手を差し伸べなければ。手を結ばねば。同胞でないならば……。

収斂進化(しゅうれんしんか)という言葉がある。遺伝において近縁ですらないのに、環境等の要因で似たような姿をとってしまった種のことだ。習性にも共通点は多い。生活の場、食性。よって、収斂進化の果ての種が同じ地域に棲息すれば生態系の中での競合が起きる。競争相手など求めていない。同胞ならばよし。同胞でないならば排除の対象だ。

居住地を分ける、という選択は無かった。なぜなら、惑星の全ては最後には彼らの手に落ちる予定なのだから。全ての海は、水場は彼らのものにならねばならん。海原も河川(かせん)も湖沼(こしょう)も陸も、彼らの大いなる神の支配下におかれねばならん。似て非なる存在など邪魔でしかないのだ。

波の音が彼を呼んだ。ざらついた肌を撫でる潮風も招く。ああ、間近にある、あの潮水(しおみず)に身を浸(ひた)したい。

誘惑を振り切り、空を仰いだ。陽はまだ高い。ここは異国だ。賑(にぎ)わいは無いとはいえ人目につく行為は控えるべきだ。水に入るならば夜にしよう。

船から持って降りた手荷物から観光案内を取り出した。例の彫像のある通についてはは下調べはできている。たかが人間の手になる模型にすぎない。だが見に行こう。観光を装って。ヨーカイなるものの情報を集めるのだ。

（四）

大学へ行くのに京都から出る必要なんか無かっただろう？　家を出る前にも散々訊かれ、寮に入ってからも問われた。なぜ、と。

「せっかくすぐ近くに、ええとこあるのに」

母がこぼしたものだった。

「レベル高すぎや。俺には無理やわ」

「そな言うけど、レベル下げてももっと近いとこ、いくらもあるやろ。何もこんな」一息おいて「遠いとこ行かんかて」

母が一息の間に飲み込んだ言葉は、容易に察しがついた。「田舎」だ。行き先が東京だろうが反応は変わらないだろう。今や一地方都市に成り下がっていながら、この街の住民には未だ奇妙な気位の高さがある。

「京都に生まれ育ったもんは、出て行きたがらんのが普通やのに……」

先祖代々の京都人というわけでもないくせに、と、永留は苦々しく思う。実家の氷上珈琲店は祖父母の代に開店したものだ。古都では新参者のうちに入る。

「留（る）ぅちゃんは」ため息混じりに、「うち継いでくれへんねやな」コーヒー染みの、もはや模様となったテーブルの天板を拭きながら恨みがましく、母。

「今どき、純喫茶も流行らんやろ」こちらは灰皿を洗いながら応えた。飲食店のことごとくに禁煙の波打ち寄せる昨今だというのに、分煙すらしていない。狭い店内の空気は前世紀のにおいがした。前世紀のにおいだ、と、思った。永留が生まれる前の時代だ。

二代を経た店はそれなりに古び、看板も庇も色あせた。壁はヤニですっかり黄ばんでいる。過去の蓄積もさして無く、新しさは失われ、未来も見えない。閉塞感だけが満ち満ちている。

「千羽矢ちゃんがお嫁さんに来てくれはったら」息子の鬱屈も知らぬげに、母はなおも未練がましく、「コーヒーやめて和カフェにしてもええんやで。ほら、千羽矢ちゃんとこのお菓子、仕入れさせてもろて」

「あほなこと言いな。なんで酒木が出てくるん」

「仲良うしとったやん」

「小学生ころの話やん。だいたい酒木は洛中のお嬢さんやんか」菓匠さかきは大通一つ挟んだ和菓子の老舗である。

たかが通一つの差とはいえ、洛中と洛外は違う。少なくとも洛外に住む側には微妙な引け目がある。おまけに老舗と新参の喫茶店では、「格が違うわ。来るわけあらへん」

「自由恋愛の時代やでぇ」

「そおゆうん違うし！」流水の下で、灰皿も苛ついた音をたてた。

両親は、自分を根無し草だと感じたことは無いのだろうか。永留は疑問を反芻する。いつから取り憑いた強迫観念か、この街で自分は一生他所者のままだろう、という想念が永留を喰み苛んでいた。

三代目程度で身内と認めてくれる土地ではない。かといって自分一人で数代を経ることなどできない。根を下ろそうとし、根を伸ばし、根を張ることができずにふわふわと、漂っている浮草のようだと永留は自分について思う。

幼い頃、酒木の家に招かれるたびに居心地の悪さを覚えた。六畳の居間の鴨居に飾られていた白面の般若の金色の眼が、なぜおまえはここに居るのか、と、彼を責めているように感じられてならなかった。他所者が、と、罵っているように感じられてならなかった。そのくせ、街を行き交う観光客を見る自分の目が、あの般若と同じ色をしている時がある気がするのだ。

——どっちつかずの化物め。

どうせ他所者で終わるなら、すっぱりと他所に行って、完全な他所者になった方がいいかもしれない。中学に上がる頃には、幼いジレンマは明確な意思へと変化しつつあった。

それだけなら踏み留まったかもしれない。しがらみに引き止められたかもしれない。

街の空気も、年ごとに居心地が悪くなっていたのだ。他所者に対して封鎖されるどころか、むしろ流入は増えている。日本国内からのみでなく海外からも。

街を行き交う様々な肌の色、眼の色、髪の色。身にまとう風俗も様々。

髪と肌を隠す女たち。対象的に露(あら)わな二の腕にカジュアルに刺青(タトゥー)を入れた男女。お仕着せの鮮やかすぎる着物の裾から覗く踝(くるぶし)にも刺青。高く掲げられた看板という看板を侵食するＴａｘＦｒｅｅの文字。市バスの床まで転がるキャリーバッグ。異国の言葉も当たり前に耳に飛び込む。それぞれ異なる響きの言葉が交差する。聞き慣れた棘を隠した柔らかな言葉よりも多く聞こえるくらいだ。年々入れ替わり立ち替わる制服の少年少女のあどけない声よりも目立つくらいだ。

古都は、古都である自己を主張しながら変貌していった。鵺(ぬえ)の怪物さながら、古今東西の文化の無秩序に溶け合う得体のしれぬ土地と成り果てた。

時折、不意に潮(しお)のにおいを永留は感じた。海など無い内陸の街で。修学旅行でしか嗅(か)いだことのないにおいを感じる。決まって外を出歩いている時。すれ違う観光客の群れを見送った時。

その観光客の青ざめた肌はざらざらと荒れていたかもしれない。唇は分厚く、両眼は心なしか離れ気味で、突き出しているように見えたかもしれない。

いや、気のせいだ。社会的に未熟な若者とはいえ国際観光都市の住人が、来訪者を国籍や人種で差別するなどあってはならない。

だが、なんだ？　このにおいは？

旅先で嗅いだものと同じようでいて、ひどく違う。腐臭のような？　饐えた魚の臭いのような、吐き気を催す不快な。

三方を山に囲まれた盆地の山の縁まで、なんともいえない穢れた潮水に満たされている幻覚に襲われた。一度ならず襲われた。幻覚は、回を重ねるごとにひどくなった。陸に居ながら溺れて、肺まで穢れた水に侵される心地がした。生きながら水底で腐れてゆくように思えた。

家に帰れば前世紀の空気が淀んでいる居座っている。脱け出さなければ。

この街から逃れなければ。

呼吸ができなくなる。

郷改大の願書は自分で取り寄せた。もちろん、高校の教師が紹介するわけがない。担任は市内の大学を奨めた。当然だ。この土地に大学は多い。レベルの高低を問わず。他所に探す必要など教師が感じるはずもない。自力で足掻かなければ逃れることはできない。

彼を溺れさせる盆地から外に出たくて、むやみやたらに検索をかけていた最中に、見つけたのだ。

モニターの文字列を目にした最初は、あまりにふざけた、センスの欠片も無い名称に呆れ果てていた。

詳細をクリックしたのは何の拍子だったろうか。

所在地を見、地図に切り替え、地図を拡大し、指を止めた。表示された地名に見入っていた。引き寄せられた。彼でなければ逆に避ける理由としたかもしれない。彼にしても、なぜ惹かれたのか理解できなかった。理解できないままに、「ここだ」と何かを確信していた。

黄泉比良坂。

不吉な聖地。あの世とこの世の境界のすぐ傍に、郷改大はあったのだ。

(五)

「試験受けに来て、やっぱ、ここやなー、思て、受かって、やっぱ、ここやったんやな、思たんや」

「そのわりに全然馴染んでなかったけど」

「いや……、来たばっかりやったし……」

「面倒くさがって努力もしなかったろ。新歓もパスするし」

「それ言われるときついなぁ」

堪忍やで、と頭を掻く永留は、初対面の時より、新歓後の夜より、ずっと打ち解けて見える。孤立を気にもかけない気取った風情の都会人像から、ずいぶんと印象が変わった。等身大の同じ歳の、同じ喜怒哀楽を具えた生身の人間になった。彼の抱える葛藤や煩悶までは唯人には理解できないままではあるが。

親しくなったのか、友人といえる関係が構築されたのか定かでないままに、互いの部屋に行き来ができた。今日は唯人の部屋に永留が上がりこんでいる。もう一人、パット・カシマティも来ていた。唯人の何が気に入ったのか、この陽気で人懐こいギリシャ人も何かというと訪ねてくる。

二人して「ここに呼ばれた」と言ったパットと永留を、ウマが合うかと唯人は引き会わせた。が、誰にでもフレンドリーなパットはさておき、永留には今ひとつピンときていないようだ。

観光地の憂鬱(ゆううつ)についてパットが語った際にだけは共感を覚えたふうだった。

「ワタシ、背景一部、ちがうマス。写真、勝手撮って、残念言う。背景らしイ格好シロ言ウ。ワタシ、背景なるタメ生きてるちがうマス」憤慨する言葉に、「わかる」と言いたげにうなずいていた。

唯人もある意味、観光地に暮らす人間ではあるが、一番賑わう場所からは生活圏は離れている。親の事業からして、観光客は直接の収入源でもある。そういった部分では二人とは少し、距離を感じるところがあった。

外国人としては小柄なパットだが、そろって体躯の薄い痩せぎすな日本の若者と比べればずっとたくましい。三人入ると狭い寮の部屋はぎゅうぎゅう詰めだ。

唯人はベッドの上に避難していた。永留とパットはフローリングの床に直(じか)にあぐらをかいていた。手には唯人が用意した紙コップ、中身の緑茶はパットからの差し入れだ。

「コノお菓子、美味しデスね」床の上に開けた四角い缶から蕎麦ぼうろをつまんだパットが言う。永留と唯人は同時に同じ表情を浮かべた。気まずさだ。

「飲みモノも、ビールよりお茶ノが美味しデス」パットは無邪気なものだ。「お菓子、よく合うマス」

ぼりぼりと焼き菓子を胃に片付けてゆく年長の男は放っておいて、「で、行ったの？」唯人は尋ねた。

「ん？」

「黄泉比良坂」

「行った行った。試験の帰りに」

「どうだった？」

「石が二つあるだけやねんな。雰囲気暗かったけど」

「だろ。がっかり観光ポイントなんだよ、あそこは」

がっかり観光ポイントという言葉に、永留は「けどなぁ……」と、ブツブツと首を捻った。『呼ばれた』確信を否定したくもされたくもないのだ。

「ナガル」パットが会話に割り込んできた。「タイシャ、行くマスたか？」

「タイシャ？」

「出雲大社」唯人がフォローを入れる。「パットは出雲大社が好きなんだよ」

「カミサマ、いっぱいイマスね。とても明るイ。イイトコロ」観光地の憂鬱を知るわりには、こうした部分、調子が良い。

「まだや」

「いけマスない。せかく、この地方来た、タイシャ行くナイ、モッタイナイ」

「せな言うたかて」永留は紙コップを持ったまま肩をすくめた。「毎日、朝から夕方まで単位取るんにコマぎちぎちやん。祝日も無いようなもんやし、いつ行くのん」大学一年の忙しさをこぼす。

「ニチヨウビ」と、パット。

「一日で行って帰んの？　むちゃキツいやん。アクセス悪いのに、どなすんの」

「レンタカー、ありマス、たら、ワタシ、運転しマスね」くるり、唯人に顔を向け、「ジン、手配シテくれる、マスか？」

「え……？」いきなりの流れに、唯人は慌てた。「うちは、そっちの業者じゃないよ！」

「アテ、ありマスないか？　車さえ、ありマスたら、ワタシ、運転しマス。ナガル、タイシャ連れて行く、マス」

パットはなかなか押しが強い。永留を見れば、固まっている。助け舟は無さそうだ。何度か眉の上げ下げを繰り返した挙げ句、「親父に訊いてみるよ」妥協案を出した。


「ダメだ」電話越しの返答、第一声はにべもなかった。

「自家用の車を回してくれーだけでも……。一日だけなんだし」

「誰が運転すーんだ」

「さっきも言った、パットて人が。ちゃんと免許持っちょーし。大人だし」

「どうせ国際免許とかいうやつだろ」

「有効期間中なんだけん問題無(ね)って」

「日本の道に慣れとらんだろ。若葉同然のやつに任せられーか」

どうやら残念な形で責任から解放されそうだった。パットをどう納得させるか、が問題だ。面倒くさい予感に胸を曇らせていたところ、「会社(うち)から一台、運転手付きで回してやる。何人で行くんだ？　確認とれたらまた連絡よこせ」父は意外と過保護だった。

礼を言う息子に、「帰りに家寄れよ」付け加えた。

「諭吉の具合(すこ)がそろそろマズイ。会いに来てやってくれ」

（六）

夜だった。

待ちに待った時間だ。ようやく海に入れると、エドワード・ウェイトは、皺の深くなった首を伸ばした。身体の変化が早まっているようだ。このところ潮風だけでは我慢できなくなっている。乾いているとつらいのだ。仲間に繋ぎをつけたら司祭に願い出て、還る準備段階に入らせてもらおう。なんなら、この島国の岸辺からでも還ってよいか訊こう。海は繋がっているのだから。

この土地についてはまったく理解不能だ。一応は観光資源らしいヨーカイロードは、しかし地元住民以外の人通りをあまり見かけない。貧相な物産店が並ぶ短い距離に点々と据えられたヨーカイの彫像の、形こそは多種多様ながら、いずれも禍々しくも神々しくもない。

人と似た、人と少し異なる姿の、戯画化された、このヨーカイとは結局いったい何なのか。

ヨーカイ記念館にも立ち寄ったが、一個人である画家の作品と略歴が展示されているばかりだ。画家は南方にも行った経験があるとのことだったが、失われた信仰の島とも、彼らの町とも関わりは持たなかったようだ。

土地の住民の顔立ちは、目も鼻も口も小さく、全体に平らに見える。当然のごとく自分たちとの関わりは感じられない。年寄りが多く見受けられる。ということは、還りもしないのだ、彼らのようには。いったいこの土地や民のどこからインスピレーションを得て画家は、彼らに似たあの絵を描いたのか。

収穫は今のところ無かった。交渉しようにも交渉する相手が見つからないのだ。

——どのみち、大いなる御方の復活が近いのだ。辺境の異種族など気にかける必要などあるまい。

大勢に影響などあるまい。

あの御方の復活に思いを馳せ、ウェイトはうっとりと目を閉じた。

「イア、イア」自然と呟きがもれた。

口蓋の変形が進んだせいか、以前よりも祈祷の言葉が楽に発音できる。いずれは正しい発声で御名を唱えることもできるようになるだろう。

「フングルイ・ムグルウナフー・クトゥルフ・ルルイエ・ウガ・ナグル・フタグン」

死せるクトゥルフはルルイエの館で夢を見ながら待っている――

そうではない。あの御方は死んでなどいない。深い深いまどろみの中をたゆたっているだけだ。来るべき時の至るまで。

大いなる御方の太古の御姿を瞼の裏に浮かべた。――かつて、あの御方は陸上にて覇を唱えられた。憎むべき『旧支配者』の、そして地球の神々との闘争さえ無ければ、あの御方を通して速やかに、この惑星上に再び〈偉大なる古き神々〉の降臨は成し遂げられたであろう。

理想郷が築かれたであろう。

我らも異なる姿をしていたであろう。

いや、あの御方が海に在れば海に適応し、陸に上がられればまた陸に適応する。時間はある。我らは不死。殺されぬ限り死なぬ。我ら不死なる祈りの一族はどこまでも、あの御方につき従うのだ、祈祷のために。

これまでに積み重ねられた無念を想った。

一九〇七年、ニューオリンズ南方で行われた信者たちへの迫害。それは文明人を気取る者たちに、彼らの存在を知らしめる結果ともなった。

一九二五年、小クトゥルフの島に部外者どもの侵入を許した。エンマ号という名の忌まわしいスクーナー船。船員たちは最終的に、島を脱出した最後の一人まで始末したが、クトゥルフが実在の存在であることが知られてしまった。

何よりも口惜しいのは小クトゥルフの復活が成らなかったことだ。

幼体として覚醒（めざ）めた小クトゥルフは、外気にあたるには未熟過ぎたのだ。エンマ号の船員数名を血祭りに上げたが、海までたどり着いてしばらく後に自壊し朽ちて果ててしまった。

ヨハンセンという忌まわしい男は、エンマ号の最後の生き残り、あの男がその様を見届けなかったのは幸いだ。小とはいえ偉大なるものに連なる存在の滅びなど人の目に触れさせてはならない。人の驕りに繋がるからだ。

いや、むしろ目撃された方がよかったのだろうか。幼い小クトゥルフの滅びによって、恐怖に終止符が打たれたのだ、と人間どもを欺（あざむ）くために。

ヨハンセンという呪わしい男は、また忌々しいことに我らが手を回す前に記録を遺していた。記録の存在に我らが気づいたのは、小クトゥルフの島が人間どもに知られてしまった後だった。不幸中の幸いは、記録に触れた者どもが、小クトゥルフを大クトゥルフと誤解したことだ。結果的に、眠れる大クトゥルフと、真のルルイエの隠蔽（いんぺい）に繋がった。

そうだ。あれは大クトゥルフではない。

大クトゥルフが覚醒（めざ）めておれば、たかだか数人程度の精神脆弱な自称芸術家どもを悪夢に悶えさせただけで済むものか。自ら生贄となるために訪れたかのごとき愚かな船員たちのただの一人とても生かして逃しはしなかったろう。

あれは小クトゥルフだったのだ。大クトゥルフの小さき分身だったのだ。

信者でない者は知らぬ。クトゥルフは大クトゥルフのみではない。

宇宙の彼方よりこの惑星に降り立った〈偉大なる古き神々〉の司祭一族は、惑星の海のありとあらゆるところに身を潜めている。大クトゥルフを筆頭に、朽ちてしまった幼体のような小クトゥルフ、いま少しの成熟を待つクトゥルフは無数に眠っているのだ。覚醒めの時を待っているのだ。

あの島のクトゥルフは惜しかった。小クトゥルフであっても、朽ちなければ、健在であれば我らを導き給(たも)うたろうに。大クトゥルフの真の覚醒め、真のルルイエの浮上も早まったのではなかろうか。無念だ。朽ちてしまった。星辰が味方しなかった。我らの祈りも足りなかったのか……。

そして、一九二七年から二八年にわたってインスマスに吹き荒れた迫害の嵐は、実に不運な、悪夢のような出来事だった。

本来は我らの同胞である者が、未熟であったばかりに同胞の自覚を持たず、同胞を地上の新興の政府に売り渡した。未熟な同胞は、後(のち)に愚挙を心底悔いて還ってきたが……。今は水底の都ヰ・ハ・ンスレイで、同胞に血肉を分け与えることで愚挙を償(つぐな)っている。歓びのうちに、己の肉体を切り刻み続けている。

我らは迫害に屈しなかった。我らは生き延びた。こんなにも殖(ふ)えた。祈りの力はいよいよ増した。強くなった。

たとえ星辰が完全な一致を見なかったとしても、〈類似〉に過ぎなかったとしても、殖えた我らの祈りが此度(こたび)こそ、大クトゥルフを大いなる眠りより揺り起こすであろう。ルルイエを浮上させるであろう。

一九二五年に小クトゥルフが目撃されて以来、愚者どもの目はずっと南緯四七度九分西経一二六度四三分に向けられている。

馬鹿どもめが。そこに大クトゥルフは居ない。ルルイエはもっと北、もっと西、もっと広大な海域に沈んでいるのだ。浮上の時こそ思い知るがよい。ルルイエの巨大なさま、大クトゥルフの館を支える大地の広大さを。いや、環太平洋に居住する者どもには、それを目にする機会すら与えられまい。我らのように適応した者以外には。

復活が成されれば、こんなちんけな島国など沈んでしまうことだろう。大海はこちらの海まで繋がるだろう。泳ぐのに、誰の目をはばかることもなくなろう。一日も早くその日の来ることを祈る。

ヨーカイ像の居並ぶ港町で過ごした無為な日々は不快だった。情報収集は不備に終わりつつあり、逆にこちらが見世物でもあるかのようにジロジロと眺められた。目線を合わさぬように小狡く、顔を向ければ目を逸らす。背を向ければ視線を投げかけてくる。さながら、インスマスにおける同胞と部外者の、ポジとネガを反転したかのような土地だ。信仰も無く、覇気も無い点が大きな違いだ。

魚だけは美味い町だった。

食べ歩いたスシの味を思い出し、ウェイトは舌なめずりをした。もっとも、魚よりずっと美味いものがこの世にはある。

待ち遠しい。

時の満ちるのが。

時よ、満ちろ。今すぐにも。

岸壁に至る道すがら、シャツのボタンを外してゆき、気も早くジャケットを脱いだ。ホテルから海へと向かうウェイトに、「兄さん」声をかけたものがあった。

彼の行く手をさえぎる影があった。背の低い人のように見える。人にしては幅の広く扁平な足が、ぴたぴたと濡れた音をたてた。広げた手の指の股に水掻きがある。

まさか……！　だが胴のシルエットは異様に丸い。まるで——。

「兄さん、おいらと相撲、とってかないか」甲羅を背負った影が、誘った。

第三章　波は静かに

（一）

出雲大社行の人数は、いつの間にか増えていた。パットのせいだ。

「ナガル、タイシャ行くノニ、カノジョさん行くない、イケマスない」

「彼女ちゃうって」

永留の抗議も遅く、酒木千羽矢は声を掛けられた後で、しかも乗り気になっていた。千羽矢の友人もついてくるという。

「あいつ、ちゃんと友だちおるんか」意外そうな永留に、「誰かと違って、馴染む努力してるってことだろ」と、唯人。

「宇佐美仁江（うさみひとえ）です」

名乗ったのは、地味なおとなしそうな女子だった。化粧気も無い、……こともないが、上手くはない。薄化粧でもどことなく華のある酒木千羽矢とは対照的だ。永留は複雑そうな顔をした。

「……あいつ、実は嫌われとるんちゃうやろか……」

「ちゃんと友だち居ただろ」

「せやかて、なんか……、なぁ……」

「男子ト女子ト、コレで数、合いマス。せいしゅんデスね！」男女はカップルになるべきだとでも思っているかのように、パットは浮き浮きしている。

「男、一人あぶれてるじゃないか」つっこみに、「ワタシ、妻イマス」

「元」

「戸籍、別なってテモ、愛なくすナイ、デス。今も、毎日、愛してルのメールしてるマス。返事来マス。必ず来マス」惚気(のろけ)た。

「タイシャ、縁結ぶマス、言うマス。きっとイイ一日なるマス」

「参拝して離婚した誰かさんもいはるやろ」

「妻とワタシ、また一緒、暮らすマス！　できマス！」

「ギリシャで？　ここで？」

「う……」さすがに返答に詰まって、「お参りマデに、考えておきマス」悩み始めた。


「運転手入(え)て六人か。ワンボックス、回してやる」連絡入れて即決だった。

当日、朝八時、駐車場で待っていた車を見て、唯人ら一行は軽い驚きを覚えた。車は何の変哲もないワンボックスカーだが。

「アナタ、変わてマスね。ソノ髪」パットが無遠慮に言った。

「お洒落でしょう」にこやかに、運転手として派遣された男は返した。

こんな男を雇う父だったろうか。唯人は意外の念で、同行する男を眺めた。

すらりと背が高い。パットよりも頭半分高い。一行の中では一番の長身だ。長い脚を覆う濃いグレーのスラックスも、ラフに着た生成りの開襟シャツも、いたってシンプル。彫りの深い顔立ちは年齢不詳。国籍も一見してわからない。日焼けには早い季節に健康的な小麦色に焼けた肌が理知的な容貌にミスマッチな印象を与えていた。

一番風変わりなのはパットが言及したとおり、髪だった。艶のある長い黒髪をくるり一巻き、うなじの上に小さな瘤を作り簪らしいものを挿してまとめ、なおも余った束を左肩に流している。それが厭味なほどに似合っていた。

「戎笑司といいます」名乗った。

「変わっとる」今度は永留が呟いた。「エビスもエミシも同じ意味やないか……」

「よくご存知で」しっかり聞こえたらしい。「昔の言葉で『異邦人』といったような意味です。ちょっと歴史的には色々ある言葉でしてね」なめらかな口調に訛りらしいものは一切無く、テレビドラマのセリフを聞かされるようだ。「わざわざ重ねて付けるなんて、付けた親の顔が見てみたいですね」自分で言って、

「ええと、君は」

「氷上永留」

「氷上くん」うなずいて、「君の名前も面白いですよ。字義と響きが喧嘩している」この間、まったく笑みを崩さない。明るさの中にそこはかとない意地の悪さが感じられた。

むっと表情を強張らせた永留に、

「まあまあ、今日一日のおつきあい。仲良くしましょう。よろしくお願いします」

改めて会釈(えしゃく)し、どうぞ皆さん乗ってください、と促した。

七人乗りのワンボックスで、全員、後ろに座ることも可能だったのだが、「エビスさんヒトリ、寂しくてカワイソウね」と、パットは助手席に上がってしまった。

実のところ男女それぞれを隣り合わせに座らせる思惑だったらしい。実際、永留の隣に酒木千羽矢、唯人の隣に宇佐美仁江が座ることになったのだが、結果はどうもいけなかった。会話がはずまないのだ。酒木千羽矢は物言いたげな顔をしつつ切り出せずにいるし、永留といえば敢えて会話をする気も無いようだ。宇佐美仁江は、ずっと酒木千羽矢と永留の様子をチラチラと伺っている。唯人は声を掛けあぐねていた。

気まずい沈黙に支配されている若い男女をよそに、パットは車窓を流れる景色にはしゃぎ、隣の戎に話しかけている。戎笑司も愛想良く相槌を打ち、時に解説も挿(はさ)み、なかなか優秀なガイドぶりを見せた。

運転席の斜め後ろに座った唯人は、信号待ちやカーブ、車線変更の際に動く男の後頭部を眺め、ふと、髪に挿された簪の飾りの部分が何か古代の武具の形を模しているようだ、と、思った。

車は、人家の少ない鄙(ひな)びた田園を過ぎ、ぱらぱらと人家の目立つ集落を過ぎ、商店の並ぶ町角を過ぎ、一面の田の広がる中を過ぎ、緑波打つ山間を過ぎ、川を越え、また目立ち始めた民家と商店が町を作り賑わう中へと進んで、出雲大社外苑駐車場へと入り、停まった。

「みなさんゆっくり参拝してきてください。私はここで留守番をしています」運転席に居残る姿勢の戎に、

「昼、一緒ニ蕎麦、食べまショウ」パットの明るい声が掛けられた。

「今カラ、昼マデ、自由行動デス！」まるで引率のようにパットが仕切る。

ひとまず全員で拝殿に参拝した後、「ミンナ、いつマデかたまってるマスか？　ミンナ、子供ちがうマス！　自由行動するマスいいネ？」個別行動を推奨したかと思えば、「女の子ダケする、イケマスない！　エスコートするくだサイ！」永留と酒木千羽矢、唯人と宇佐美仁江を組ませた。どうやらキューピッドを気取りたいらしい。永留は明らかに迷惑そうな顔をしており、唯人はといえば、当惑するばかりだった。まったく余計なお世話というものだ。

とりあえず二手に分かれ、本殿外周の社（やしろ）を廻った後で合流しようという話になった。反対方向に向かう友人たちの背中に、宇佐美仁江はじっとりとした視線を向けていた。

もしかして宇佐美は、氷上永留が目当てで付いて来たのじゃないか？

ますますいたたまれない気分に、唯人はなった。縁結びの神も困惑しているのではないだろうか。

（二）

縁結びの神様への祈願は、「なるようにして」だった。出雲への遠征を企図したギリシャ人の思惑は目に見えてシンプルだったが、酒木千羽矢の想いは噂されているよりもずっと複雑だ。なにぶんにも『幼馴染』の時間が重すぎるのだ。

小学生低学年の頃までは、無邪気に戯れていた。千羽矢が家からおすそ分けする菓子はいつも喜ばれたし、「お礼」と言って出される、ミルクと砂糖のたっぷり入ったコーヒーも、幼い二人を喜ばせた。永留の方からもたびたび、千羽矢の家に遊びに来ていた。

少しずつ大きくなって、二人だけでなく、男子と女子の間に少しずつ距離ができて、垣根ができていっても、千羽矢は氷上珈琲店への「おすそ分け」を運び続けた。
出迎える小父さん小母さんの歓迎は変わらず。コーヒーが出されるのも変わらず。向き合う永留の表情は少しずつ変わっていった。

あまり嬉しそうではなくなっていった。注がれるミルクの量は減っていった。カップに落とされる砂糖の数は減っていった。コーヒーはだんだんとにがくなった。招いても、何かと言い訳をして、永留は千羽矢の家に来なくなった。

六年の時だったろうか。クラスの男子が千羽矢の口ぶりを真似て「留ぅちゃん」と呼んだ瞬間、振り向きざまにその男子を永留は殴った。よせや、の一言も前振りも無い、無言の一撃だった。不意をつかれた悪ふざけの男子は、机、椅子ごと倒れるなり泣き出した。見ていただけの千羽矢の目からもなぜか涙がこぼれた。

職員室でこってりしぼられただろう後で戻ってきた永留は、バツの悪そうな表情で、殴った相手ではなく千羽矢に、「ごめんな」と謝った。永留を「氷上くん」と呼ぶようになったのはそれからだ。

京都から出て遠方の大学に進学すると聞かされた時には、あのことがバレたのかと思った。両親の会話だ。永留がまだ普通に千羽矢の家に出入りしていた時分、夜、ひそひそとささやき合う声が聞こえた。

「千ぃちゃん、あの子のこと、好きなんかな」自分が話題に上っていると知って、はっと息をひそめた。

「小さい子らのことやん」

「でも悪ない思うえ。留ぅちゃん、なかなかにしっかりしとる」

「いうて、お嫁にはやれへん」

「お婿さんにもらういう手もあるやろ」

「向こうかて、お店あるんやで」

「喫茶店なんか、何代ももつもんやあらへんやろ」

当人の意思をはさまぬ勝手な会話に、幼心は動揺した。両親が自分に味方してくれているとは思えなかった。ただただ後ろめたかった。秘密にしていた。知られれば、永留が遠くに離れていってしまう気がして。知られたから離れてゆくのではないかと疑われて。

いつまでも無邪気にそばに居る関係でいたかった。成長するにつれ、そうはいかないと思い知らされた。男女の間は子供の頃に思い描いていたよりずっと面倒で、ドロドロと不純なものだと知るようになった。自分の身が自分一人のものではないことにも気付かされた。家に縛られている。家がついてくる。

それでも。

思春期を過ぎて、ある程度の成熟の後に知り合ったのなら、あるいは打算づくで、あるいは勢いにまかせて付き合えたのかもしれない。すっぱりと別れるのも可能だったかもしれない。なまじっか無邪気だった時代から積み重ねてきた時間があるだけに、想い出を損ないたくもなく、断ち切ることもできずに追いかけて来てしまった。

「なぁ……」

何と名を呼んだものか決めかね、「なぁ」と呼びかけた。ざくざくと砂利を踏む、少し前を行く背中に。

「なぁ、いつまでここ居るん?」

目の前の背は振り向きもせず、「大学、最低でも四年あるやろ」

「卒業した後は?」

「考え中」

「京都、帰らへんの？」

「わからん」

「家、あるやん。帰ったげへんの」

ざく、と、砂利を踏んだ足が止まった。背は向けられたまま。「俺ん家、俺の『うち』とちゃうし」

意味がわからなかった。「家は家やろ？」

振り向いた顔に浮かんだ表情は、何とも読み解けないものだった。「酒木には『うち』なんやな……」

声が、果てしなく遠く感じられた。


境内の外の土産物店まで、パットは回ってきたらしい。昼に合流した時には、充分に膨らんだ紙袋を抱いていた。開いた袋の口からは、兎グッズ数種と、帽子のように屋根をかぶった猫のぬいぐるみが顔を出している。

「ご家族に、ですか？」にこやかに尋ねた戎に、「そうデス！　妻ニ送るマス！　きっと喜ぶマス！」顔色の冴えない若者たちとは好対照だ。

「どうしマスたか？　ミンナ元気ないデス」さすがに唯人らの様子をいぶかしんだパットに、「悩み多いのも若さですよ」代わって、わけ知り顔に戎が応えた。

大鳥居の前でそろって、形ばかりの記念写真を自撮りした。

日の暮れがけに、父に言われていたとおり唯人は、実家に車を回してもらった。玄関の引き戸を開ける前から気配を察したのか、キュンキュンと鼻を鳴らす音が聞こえた。

「犬、デスか？」

「駄犬。雑種で年寄り。別に可愛くないよ」言いながら戸を引き開ければ、三和土(たたき)の床に尻を落とした諭吉が立ち上がろうと足掻いていた。

もう力が入らないらしい。パタパタと床を叩いている後足も、なんとか踏ん張っている前脚も、ぷるぷると小刻みに震えている。震えながらも立ち上がり、脚を交互に踏み変え踏み変え、唯人の方に向き直った。唯人を見上げた。

「オォ……、コノ犬、アナタ、愛するマス」パットの感極まった声が聞こえた。

懸命に自分を見上げる犬の、大きな潤んだ茶色い眼を、唯人は見返した。何か言ってやらないと、と思いながらも結局、言葉が出なかった。

シャッター音に振り返ると、パットがスマホのカメラを向けていた。

「大事ナ思い出。後デきっと、懐かしい、なるマス。データ、送るマスね……」パットは涙ぐんでいた。

(三)

理事長室の扉を白衣の手がノックした。九久里(くくり)ゆかり、郷改大医学部の教授にして附属病院の女医。時が満ちるまでの間、仮に名乗っている身分であり、名前だ。

「九久里です。凪原理事、よろしいですか」

「入りたまえ」

扉を開けると、奥、カーテンを締め切った窓際に置かれた重厚な楢(なら)材のデスクが見えた。デスクとカーテンの間に、妙に若々しい白髪の老人、凪原理事が座っている。

その脇に、革張りの肘掛け椅子に腰掛けた福々しい男が居た。どうやら会談中だったらしい。

「お邪魔でしたようで」

「いや、かまわんよ。我々の間柄だ」福々しい男、大黒泰造（おおぐろたいぞう）が応えた。

一礼し、床をおおう緋の絨毯に九久里は足を進めた。背後で重い音をたて扉が閉じた。

「用件は何かね」と、凪原理事。

「申し上げます。境港（さかいみなと）に蛙頭が上陸いたしました」

ほう、と、大黒が息を吐いた。

「何体かね」

「一体。偵察の者かと思われます。河太郎が仕留めました」

「これはこれは」と、また大黒。「ねぎらってやらんとな」

「不味い尻子玉だったと申しておりました」

「零落（れいらく）したとはいえ水神の眷属が、そのような穢らわしいものを口にするなど」凪原の表情が険しくなった。「卑しい真似をするな、と伝えておけ」

「いやまあ、ただ働きは気の毒だろう。我らの信条にも反する」気立ての優しいところがあるらしい大黒が、おおらかに、「構内の畑で育てている胡瓜が実ったら、見舞いに送ることとしよう。今年は豊作になりそうだ。楽しみにしておいてくれと伝えてくれんか」

「いたみいります」

「こちら側の港はあそこだけではない」凪原は不機嫌なままだ。この事態に陥ってより、彼に上機嫌な時など無い。「空港もある。侵入も今後、一体や二体では済むまい。都度ねぎらってなどおれぬ」

「まあ、そう言わず」大黒がとりなす。「末端の士気も高く保っておかねば。それに境港といえば、ここからほど近い。嗅ぎつけられでもしたら大事だ」

「幸い」と、これは九久里。「こちらの動きには気づかれていない模様です。彼らは今、驕っております。人口の多い太平洋側は、ほぼ陥ちたも同然ですから」

両掌を上に向け、やれやれという仕草を大黒は見せた。状況は悪化してはいないとはいえ、好ましからざるままなのだ。

「校内にまでは入られておらんのだろうね」

「職員も学生も、出入りの業者も選別は厳重に行っております。親族、先祖代々までさかのぼり、間違いの無いものだけ。蛙頭の血の一滴も入れさせはしません」

「用件はそれだけかね」

「いえ——」凪原の問いに九久里は目を伏せた。「あの方が——」

「あれ、が？」

「このところ、あの方の徘徊が激しくなっております」

「覚醒が近いと？」

「意識に変化はございません。ただ、頻繁に脱け出されます。ご存知の通り、あの方に物理的拘束は意味をなしませんので」

「封印は解けておらんな？」

「それはもう、固く結んでおります」

「ならば良い。結界からは出られぬはずだ」

「もちろん。しかし、徘徊がひどくなりますと、人目に触れるおそれもございます。校内には、我らの身内の他に、ただの人間ならば少なからず出入りしております。未だ憑神(ひょうしん)の成っておりませぬ依童にも影響があるやも」

「それをどうにかするのが君の役目だ」

「ご連絡まで、と存じました」

「監視を強めたまえ」

「かしこまりました」

女が一歩足を引き、一礼して去った後、残された男たちは顔を見合わせた。表情は、ともに暗い。

「どう思う？」

「彼奴の復活の予兆に天も地も震えております。騒がしさに刺激されたのやもしれませぬな」

「覚醒めてもらわねばならぬが、早すぎるのも困る。封印は強めねばならぬかもしれん」

「仮にも奥方であられるものを、そのように恐れられるとは」

「そちらのように円満というわけではないのだ」

「いや、これは……、まいりましたな」ぽっと大黒の温顔に血の気がさした。照れているらしい。愛妻家なのだろう。

「私はかつて、あれを憤(いきどお)らせた」愁い深い声で凪原は言った。「あれの怒りによって、世の全ての人間は永生を喪った。呪いは永劫に解けるまい」

「そのお力こそが、此度の企ての要(かなめ)にございますぞ」

「そうだ。だからこそしくじりは許されん。此度の黄泉返りに際しても、どれほど心を砕き手間をかけたことか。たまたま波長の合った程度の依童ではないのだ。この企てのために曾祖父母祖父母父母まで選びに選び、胎児の熟する前に封じた。損なわれれば代わりは無い。損なうわけにはゆかぬのだ」

「そのことならば、私もよくよく存じております。なにしろ、あの方の器を用意するための縁を縒(よ)り合わせたのは、この手でございますからな」

「世話になった」

「なんの」大黒は後退した生え際を撫でた。「縁を結ぶのが生業(なりわい)でございますゆえ」

凪原の眉根が、ふっと緩んだ。深く刻まれた皺がわずかに薄れる。眸は哀しげだった。

「……ところで」

「何か?」

「胡瓜の件だがな」

「いけませぬか?」

「いや……。だが、収穫には間に合うまい。報いてやれぬ」

「間に合いませぬか……」大黒の目も哀しみに翳った。「福徳豊穣の神よと崇められ、地に満ちる、我が手で成した歓喜に耳を傾けるのが、我が歓びでありましたよ。宇宙が生まれてよりこれまでの間で、ほんのつかの間。まさに瞬きの間でございましたが……。実に短い。短すぎる。ままならぬものですな」

「我らが企てが成ろうと打ち砕かれようと、大八洲(おおやしま)国は千々に裂かれ波間に没するであろう。大陸とても無傷で済むまい。海の怪、河の怪、山の怪、村里の精霊、いずれもこの禍に遭いて、帰る場を喪うであろう」

深いため息が部屋を支配した。

「私は時に考えるのだ」凪原が、「この宇宙の悪意について」

「悪意、とは？」

「なぜ、あのような邪悪が宇宙に存在する？　育つ過程で染まったのでも、捻(ね)じ曲がったものでもない。あれらは生まれついて邪にして悪なのだ。それが一つ二つどころでなく満ち満ちておる。版図を広げようとしておる。創造の手の悪意を疑わずにはおれん」

「そのような疑念は載大殿主への……」

「冒涜かな？　大国主大神(おおくにぬしのみこと)よ」凪原は、神としての大黒の名を呼んだ。

「知っておるか、宇宙は一つではない。この宇宙も多くの銀河を抱き、いくつもの階層に分かれておるが、さらに外にも数多(あまた)の宇宙が在るそうな。載大殿主は、この宇宙を創り給うたが……」

「外なる宇宙の創造主……」それはいかなる意思の持ち主か。

「小さき者……」呟いた。「人を小さいと申したが、我らも宇宙の全てに比すれば、いとも小さき存在ではないか……」

（四）

附属病院の病棟の隔離された一画、「平坂成実(ひらさかなみ)」と名札の差し込まれた部屋に、九久里ゆかりは足を運んだ。一般の患者も看護師も医師も迷いこまぬよう、ここへは特別なルートでのみ入れることになっている。危険だからだ。患者の存在そのものが。

個室のベッドに横たわる姿に、ほっ、と胸を撫で下ろした。今日は無事だった。現時点では無事だった。

患者の存在の重要度を考えれば、もっと厳重な隔離を、いっそ地下への幽閉をも試みたいところだが、人の肉体をまとっているからには、肉体の健康を維持するために適度に陽光を浴びさせる必要がある。また、自身でも口にしたとおり、物理的拘束を受けぬ患者であるからには、地下からでも苦も無く脱け出す可能性がある。『彼女』が望めば。

困ったことに、患者に直に触れることが可能な者は、目下のところ九久里だけだ。監視をいくら強めても、制止できなければ意味が無い。逆らえぬ命令とはいえ、無茶な要求だ。九久里の背負う荷は重くなるばかりだ。

今はおとなしい、平坂成実と名付けられた肉体の、見た目は十二、三歳ほど。熟練の人形師の手になるかのように非の打ちどころなく可憐（かれん）な姿だ。

人形のように、生気に欠ける――。

黒目がちのすっきりと切れ長の目は瞬きもせず、前方の一点に向けられている（後で目薬をさしてやらねば。彼女を恐れて見舞いにも来ない男は一方で、彼女の体調に少しでも良くない変化があれば機嫌を損ねるのだ）。成長途上の、未完成なもののみが持つ、不安定な瞬間を凝縮させた美を成す体躯は、半ば起こされたベッドに背をあずけている。

シーツの上に投げ出された細い右手首には木製のブレスレット。魔を払うという桃の木の枝を八千回裂き、八万回縒り合わせて作られた。それが今は八重。

ブレスレットに瑕（きず）の無いことを九久里は確認した。徘徊が止まらぬようなら数を増やすことも検討しなければ。封印は、どれだけ重ねてかけても足りぬということがない。

まったく、拘束できるものなら拘束したいところなのだが。

――人目に触れる程度どうということはない。依童の候補がどうなろうが代わりは見つかるだろう。それより、彼は気づいているのだろうか。自由に徘徊できるということは、突然に理事長室に現れることもあり得る、ということだと。『彼女』を恐れてやまない、彼の目の前に出現することもあり得るということを。だからこその警告だったというのに……。

癖の無い黒髪が少し耳にかかっている。少し伸びたようだ。少し切った方がよいかもしれない。伸びれば封印が、あふれる霊力の負荷に耐えきれなくなるおそれがある。

この依童に、すでに宿っているはずの魂が完全に覚醒めれば、幾重に重ねた封印も、切り詰めた髪の短さも意味を失うだろうけれども。なにしろ『彼女』は、最も偉大な神の一柱なのだから。

第四章　黄泉比良坂

（一）

幽霊の噂は、五月病の蔓延とともに広まった。白い病衣を着た少女が、昼となく夜となく、突如現れては消えるのだという。壁を抜けてくるのだという。目撃した者はみな、異様な悪寒と目眩と虚脱感で倒れてしまうのだという。このところ、そうした学生たちで医務室は賑わい、寮で寝込むものも増え、重症の者は附属病院にまで運びこまれた、とのことだ。

「五月病の言い訳ちゃうん」めっきり出席者の減った教室で永留が切り捨てた。

「あー、なんかたるいなー、講義さぼりたいなー。せや、幽霊見たことにして部屋で寝とこ、みたいな」

「発端の幽霊話はどこから出てきたんだよ」

「そら、病院の寝間着着とったんやったら、入院患者が散歩しとったんやろ」

「学校内を？」

「そぉゆうこともあるやろ」

「医学部の外まで？」

「壁抜けた、いいマス！　ふつうの人間、壁抜ける、ないデス！」

「そこらへんは尾鰭がついとるんやって」と、唯人。「年中居るはずだけど、なんで今頃噂になってるんだよ」

「入院患者なら」

「せやから、五月病やて」

「ナガル、ユーレイ、信じるないデスか？　頭カタイデスね！」

「あんな！」うちの地元のことは、あんま言いとないけど、と前置きして、「京都では幽霊話とか、アホほどそこらに転がっとるん。慣れとんの！」

「この辺にも心霊スポットは……」あることはある。

「黄泉比良坂から入院患者は出てこぉへん。出てくるんやったら黄泉醜女や。ブスやで、ブス」

噂になっている郷改大の幽霊は、目を瞠るほどの美少女だという。

「じゅうにさいか、じゅうさんさいくらいの可愛いコ、聞いているマス」

「みんな、ロリコンか」

「可愛いのに、髪、くりくり、ベリーショートいう話デス」

「入院患者でベリーショートなら」唯人は、しんみりと声のトーンを落とした。「重いんだろうな、病気」

「がん、か」唯人の感傷が感染ったか、永留もしんみりと、「脳腫瘍、いうとこかな。薬の副作用か手術待ちか……」

「小さい、のに、かわいそデス」

この意見には残る二人も異論は無かった。

（二）

噂の少女を永留が目撃したのは五限の終わった後、校舎から寮に戻る途中だった。一人だった。

よく晴れた夕方だった。五月の陽射しは強かった。ついこの間まで頼りない若葉だった木々の緑は色濃くなり、実習用の畑に並んだ支え棒、張られた網にも蔓が力強く絡んでいる。空に向かって這い上っている。じきに農学部生たちが収穫に精を出すようになるだろう。

校舎も木々も畑の作物も遊歩道のタイルも光の輪郭で縁取られているようだ。陽は海（学校からは見えないが）の方へと少し傾き、まだ明るいが、翳（かげ）の粒子は真昼を少しずつ蝕みつつあった。黄昏は少しずつ、空気の色を染め変えようとしていた。

少女の白い姿が目立ったのは、黄昏の空気の色とのコントラストのせいだろう。植え込みの間にぼんやりと佇んでいる。意思の力は感じられない。無気力とも違う。人形が、そこにすとんと据えられたかのようなたたずまいだ。

けど、実在や。

幽霊ちゃう。

永留は確信した。背後に透けてもいない。足もある。足の下に影すら落ちている。くっきりと。

病衣は附属病院のもので間違いなかった。年の頃は噂どおり、中学生くらいと見受けられた。噂通り髪は、年若い女の子にはむごいくらいに思えるベリーショートだ。髪を切られるのは、きっと不本意だったろう。家を離れての入院は心細いだろう。病室での暮らしは、あまりにも無味乾燥で、やるせないのではないだろうか。だから病棟から脱け出してしまったのではないか。

　放置していても、そのうち医師や看護師たちに連れ戻されるだろう。おそらく、今までもそうだったはずだ。なのに遊歩道から逸れて歩み寄ったのは、少女の心細さを想ったからかもしれない。

「なぁ、自分」声を掛けた。「あそこ、入院しとるんやろ？」病棟を指さした。

　少女はぴくりともしない。視線は一点に定められたままだ。歩み寄った若者に一瞥もくれない。

「あかんえ」粘り強く、永留は話しかけた。「しんどいし、寂しいし、つらいかもしれんけど、ちゃんと先生らの言うこと聞いて、はよ病気治さんと。なぁ、部屋戻り。なぁ」手を伸ばしていた。

　何かの祈願の御守だろうか、細かな木の繊維が丹念に編まれたブレスレットが、細い腕に何重にもはめられていた。指先に触れて揺れた。少女の腕がびくりと震えた。人形のように可憐な顔が、視線が、動いた。永留を見上げた。無表情に。少女の腕をとろうと差し出した手が、細い指に捉えられる感触を覚えた。

　ぱっちりと見開かれた黒い眸（ひとみ）に自分の顔が映っているのを永留は眺めた。映った顔は、斜め下へと滑っていった。少女の姿全体が、斜め上へと滑っていった。見下ろしていたはずの顔が、見上げる位置へ。

　もう片方の手に持っていた筆記具の落ちる音が聞こえた。ルーズリーフも教材のテキストも落下した。落ちた拍子に広がり、頁がグシャグシャに折れた。肩が腕が腰が、すぐ脇の植え込みの繁みにバウンドして土に打ちつけられた。視界にはもう、少女の姿は無かった。

（三）

暗い路を歩いていた。暗かった。いつの間に夜になったのか。さっきまではまだ陽があったはず。日が暮れたのか。日没に気づかなかっただけなのか。暮れるのが早すぎはしないか。夜だというのに、なぜ自分は歩いているのだろう。部屋に戻りもせずに。

今日の授業は全部終わった。出かける用事も無かった。いつものように部屋に戻って、飯を食って、友人の部屋でも訪ねて、くだらない話で時間をつぶして、多少は明日の準備でもして……。そのはずなのになぜ……。

靴の裏で、湿った土がぐずぐずと崩れる感覚があった。時折顔を出している大きめの石が足を滑らせる。息が切れる。苦しい上り勾配だ。上っている。どの山路ともしれぬ路を登っている。それとも、自分は記憶にも無い間に、どこかの沢にでも下りたのだろうか。

腐臭の混じる生ぬるい風が背後から吹き上がってきた。ひどく不快だ。いやな気配がする。はるか下の、あの底にうごめいている。穢らわしい、醜いやつら。やつらは底で飲み食いしてしまった。俺は同じにはならない。あの群れの中から脱け出してきた。ああ、あと少しだ。ああ、登らなければ。この坂を、この路を戻らなければ。

何も口にしていない？　口にすればどうなるというんだ？　何も口にしていない今ならまだ間に合うはずだ。

間に合うとは？

この坂は？

この路は？

この路は何だ？　どこに通じる？　戻るとは？　どこへ？　そもそも、いったいここは何処なんだ？

――黄泉比良坂――

顔のすぐ横、耳もとで答える声があった。聞き覚えのある声だ。いや、こんな声は知らない。

――おまえはこの坂を転がり落ちた。そして登ろうとしている――

「黄泉比良坂やったら」永留は反発した。黄泉比良坂なら以前に訪れたことがある。知っている。

「こんなとこちゃう」

こんな険しい坂ではなかった。

何も無かった。大きな石が二つ立てられているだけの……。

――真の黄泉比良坂は、現世（うつしょ）ではかいま見ることもできない――

「ここは『うつしよ』やない、ちゅうんか」


――そうだ――


顔を振り向けそうになり、こらえた。見てはならない気がした。見れば激しく後悔する予感がした。

「なんで俺が黄泉比良坂に居（お）るねん……」

問うたわけではない。ただ理不尽に苛立つ心がこぼれただけだ。二つ並んだ石の間に立ったのは二ヶ月以上も前のこと。あれ以来、訪ねようとも思わなかった。もちろん、今日も。

しかし、答えは返ってきた。

――呼ばれただろう――

ひゅっ、と息が肺に逆戻りした。今も肺があるのならば。

――呼ばれたと感じただろう――

過去の話だ。鬱屈した高三の春。ネット上で地図を広げた時に。地名を目にした時に。理由も無く確信した。ここだ、と……。

――あの古都から逃れなければと感じたおまえの勘は正しい。古都は、いや、あの地だけではない。大八洲国、日本列島の全てが間もなく水没する。天鳥舟を除いては――

「天鳥舟って何や?」

――おまえが坂を落ちる前に居た場所だ――

「大学?」

――そうだ――

「ほな、え? ほな、京都居る父ちゃん、母ちゃんは……」それだけではない。通学路で挨拶を交わした、年々老いていった顔。通りすがりのベビーカーから突き出された丸々とした小さな手。旧い校舎に詰め込まれた制服の群れ。気の合うやつも合わないやつもいた。女子は意味のわからない会話でさざめき、男子は、女子が眉をひそめるような会話でゲラゲラ馬鹿笑いしていた。

捨ててきた土地だ。人々だ。戻るつもりも無い。生きていても二度と会わないだろう。けれども。

――天鳥舟に乗れぬ者はみな呑まれる――

「俺だけ助かるっちゅうんか!」泣きそうになった。怒りが湧いた。許しがたい理不尽だと感じられた。地に生きる人の一員として。

――ちがう――

応答は、予想を上回って非情だ。

「え?」

――おまえは助からない。もう、坂を転がり落ちた――

「それって、どおゆう……」

――〈死〉に触れたろう――

こらえきれなかった。真横、声のする方を永留は首を捻じ曲げ直視した。後悔した。

よく知る顔がそこにあった。

全く知らない顔がそこにあった。

鏡で、磨かれた板ガラスの上などで何度も見かけた――。

鏡にもガラスにも映ることのない、左右の反転した――。

写真以外ではけして目にすることのないはずの自分の姿を、かたわらに立つそれを、永留は見てしまった。

それも、平面ではなく立体。奥行きと厚みを持つ等身大の。

その出現は不吉だと伝えられている。

一点だけ違いがあった。

ドッペルゲンガーの首には、永留の記憶に無い横一筋、おそらくは首の後ろまで貫き抜けているだろう赤いラインが入っていた。まるで傷痕のように。いっそう、不吉ではないか！

――今さら恐れる必要は無い――

ドッペルゲンガーが不吉な都市伝説を打ち砕いた。自分の耳では聞くことのできぬはずの、頭蓋骨での反射も伝導も交えぬ彼自身の声で。

今さら、と。

手遅れだ、と。

――おまえはこちら側に来てしまった。恐れる時はすでに過去だ――

「なんで……」

――〈死〉に触れた。自ら手を伸ばして――

「なんで……」死の待つ場所に来てしまったのだろう。『呼ばれている』と思い込んだのだろう。いずれ全てが水に呑まれるにせよ、この地を目指さなければ、もう少し長くは生き延びられたろうものを。

――俺が呼んでいたのだ。ずっと――

ドッペルゲンガーが答えた。

――待っていた。ようやく俺のもとにたどり着いたな。俺の器よ――

（四）

五限の後、遊歩道から外れた植え込みの間に教材や筆記具を残して行方不明となっていた氷上永留は翌朝、黄泉比良坂の二つの石の根本に倒れている姿で発見された。即、郷改大附属病院に搬入されたＩＣＵに運びこまれた。

「なんで？　神(じん)くん、何か知らへん？　何も知らへんの？」

面会謝絶のために病室から追い払われた酒木千羽矢は、校内で唯人をつかまえ問い詰めた。

何と問われようと「ごめん」としか応えようがない。永留が姿を消していた空白の時間に何が起きたものか、唯人も一切知らないのだ。わからないのだ。なぜ、と訊きたいのは唯人も同じだ。

「先生、家(うち)に連絡した言うたはったけど、私が電話したら何も知らんて、びっくりしてはって……。なんで？　どういうことなん？」

「ごめん、ぼくにもさっぱり……」

「心配なの、ジンも一緒デス」

パットが間に入り、とりなした。パットは永留の容態だけでなく、動揺しているだろう唯人のことも案じてくれている。

「昨日ノ、昼マデ、ナガル、とても元気デスた。彼、若い。スグ、回復するマス。心配するナイ」励ました。

「神くんに訊いてもしょうがないよ」と、宇佐美仁江も酒木千羽矢をなだめた。

こちらはとりなすというより、言葉どおり唯人にまったく何も期待していない響きだ。

あれ？　と、唯人は妙な気分になった。

宇佐美仁江は、取り乱している酒木千羽矢については本気で心配しているようだが、氷上永留の容態はさほど気にかけていないらしい。そんなふうに見える。

出雲大社で、永留に気があるのか、と感じたのは、気のせいだったのだろうか。

大学は、酒木千羽矢が電話した後、氷上永留の実家に連絡を入れたようだった。後手後手な上に、「見舞いに来るに及ばない」という内容で、酒木千羽矢が一報を入れていなければ、連絡を取る意思も無かったようにすら思える。不審な対応だった。

（五）

「憑神（ひょうしん）しています」九久里は努めて沈着に報告した。理事長室である。

「誰だ！」凪原理事は激しい語調で問い返した。「あの依童には、まだどの神も手配しておらん！　誰が断りも無く取り憑いた！」

「かつて」九久里は凪原のさらなる怒りを予想しつつ答えた。

「貴方様が怒りにまかせて首をはねられた方です」原初の地球での二番目の死者……。

「落とせ！」

「この神を落とせば、この依童はただの死体となります」

「どういうことだ」

「憑神の前に、あの方と接触していました。徘徊が激しくなっていたのは、以前ご報告したとおりです。懸念が現実のものとなりました。現在、彼が形のみなりとも生きてあるのは、神が憑いているためです」

「あれが望んだ憑神だというのか……」

「いえ。あの方との接触はまったくの偶発事です。何も意図はされていません。しかし、結果として憑神の機会を作ることになった模様です」

「忌み子が……」凪原は額を押さえた。声に嫌悪がにじむ。「大国主大神……」なじる呼びかけに、「私は手を貸しておりませんぞ」大黒が汗をかきつつ応じる。

「あの青年に関しては……そうですな、『なるようにして』と頼まれましたから、縁の糸は自由に泳がせておりました。まさか、このような相手に付くとは」

「戦力になります」と、九久里。

「あやつが協力するというのか」彼らの首領に怨みを抱いていてもおかしくないというのに。

それだけのことをした。それだけのことをさせた神でもあった。

「望まれています。此度の戦においても、ぜひにも使っていただきたいと、おっしゃいました」

「いたしかたあるまい」ようやく怒りを収めた様子で、額に当てた手を凪原は下ろした。「せっかくの依童を捨てるのは惜しい。時も迫っておる。使われたいと願うなら使ってやろう。最前線で戦ってもらう。『〈偉大なる古き神々〉の大司祭』とな」

（六）

突然の入院から三日目、寮の学生の大半が授業に出払う三講目の最中、氷上永留は退院した。

居残っていた者が言うには、舎監長の大黒教諭が付き添っていたという。氷上永留はしっかりと自分の足で歩いていたが、怪我をしたものか、喉に巻かれた包帯が痛々しく見えたという。うつむいた顔の表情はうかがえなかった。加えて大黒の肥満体が、周囲の視線から氷上の姿を隠そうとするかのようにうろうろと動き回っていた。病人をいたわるための付き添いというわけではなさそうだ。

声をかけようと何人かが戸口から顔を出すと手で追い払うような仕草を見せ、「まだ落ち着いとらんから、静かにさせといてやれ。かまうんじゃない」干渉を拒んだ。「大して長くは待たんからな」とも、何か。

大黒が何を言ったにせよ、学生の全員が耳にしたわけではない。

氷上永留の、ごく親しい友人は少なかったが、まったくの孤立というわけでもなかった。

ましてや『彼女』が、退院の報を耳にして放置するはずもない。

「誰え？　あんた！」

キンキンと壁にこだまする甲高い、酒木千羽矢の声を聞いたのは、昼休みの終わり頃だった。学食で昼食を済ませ、唯人は寮に戻ってきたのだ。

隣室の、薄く開いた戸口の前で酒木千羽矢は血相を変えて立っていた。胸の前で交差させている拳は、身を守ろうとしているようにも、向き合った相手に殴りかかろうとしているようにも見えた。隣には例によって宇佐美仁江。これは酒木千羽矢の肩に手をかけ、引き止めようとしている。

「誰え、あんた！　留ぅちゃんはそんな喋り方せえへん！」

うわ、『留ぅちゃん』て呼ぶのか。酒木千羽矢の永留への心理的距離がそこに見えた気がして、唯人は軽くめまいを覚えた。

「留ぅちゃんと同じ顔してるくせに……、あんた、誰？　留ぅちゃんどこやったん……？　返して……、留ぅちゃん返してえな！」怒りと涙の入り混じった声で、戸の陰に隠れた相手をなじり続ける酒木千羽矢を、「千羽矢ちゃん！」宇佐美仁江が、戸口から引き離そうとしている。

「戻ろう、ねえ、千羽矢ちゃん。戻ろうよ」

ちらっと唯人に投げられた眼差しは、明らかに彼を障害物とみなしていた。慌てて鍵を回し、唯人は自室に逃げ込んだ。部屋の中から耳を澄ます。

返してと繰り返す酒木千羽矢の涙声。宇佐美仁江のなだめる声。ガチャリと閉まる隣室の戸。女たちの声は部屋の前を横滑りに移動して遠ざかっていった。

充分に静かになったと見定めてから、唯人は窓からベランダに出た。腕を伸ばして隣室の窓を叩いた。

「おーい」呼びかけた。

「おーい、永留ー、大丈夫か?」

しばらく耳を澄ませて、また「おーい」

応えないかな、と思い始めた頃合い、カチャリと窓のロックの外れる音がした。細くガラス戸が開く。

「大丈夫だ」四日前に聞いた、同じ声が答えた。「心配するな」

氷の塊を呑んだ心地に、唯人はなった。酒木千羽矢が繰り返し叫んだ言葉が脳裏によみがえる。

「あんた、誰え!」声に出さずに唯人も胸の内で唱えた。おまえ、誰だよ――。

酒木千羽矢の言うとおり、あいつはこんな喋り方はしない。彼の知る氷上永留なら。

黙って室内に戻り、スマホを手にとった。パットにDMを投げた。

『永留の見舞いには来るな』

あの世話焼きのギリシャ人を、今の氷上永留に会わせてはならない。

(七)

チキチキと、送り出したカッターの刃を眺め、またチキチキと元に戻す。何度これを繰り返したろう。限界だ。やつをここから追い出さなければ。刃をしまったカッターを、宇佐美仁江は袖口に隠した。五月に長袖は少し暑い。目的を果たすためだ、仕方ない。

入学間もない教室で、初めて隣り合った時から酒木千羽矢に惹かれていた。気取っていると敬遠する者も少なくないが、仁江にとっては千羽矢はまぶしく見えた。少し古風な目鼻立ちは、今どきの派手な美人ではないが、優しげで品がある。育ちの良いらしい仕草の一つ一つに落ち着きがある。一向に改める気配の無い言葉遣いも柔らかく耳に心地良い。人付き合いの苦手な仁江に対して、邪険にしなかった。今も好意的に付き合ってくれている。

千羽矢に別の友人ができることを仁江はずっと恐れていた。いつも仁江と行動をともにしてくれるのは、他に親しい相手が居ないからだ。別の誰かと親しくなれば、仁江とは、もう仲良くしてくれないだろう。

ことに男子はいけない。男子と親しくなってしまったら……！　ああ、汚らしい。大事な千羽矢が汚されてしまう。彼女の好きな千羽矢ではなくなってしまう。

人目を惹く容貌の千羽矢に、それらしい視線を向ける男子の少なくないことを、仁江は知っている。千羽矢には気づかせないようにしているが、そうした男子の挙動を目ざとく仁江は察知する。近づけないよう、知られないよう、さりげなく妨害してきた。大切な千羽矢を守ってきた。

なのに、あいつ！

やつだけは仁江にもどうにもできない。千羽矢から進んで、やつに近付こうとするからだ。

この大学に来たのもやつを追いかけてのことだと噂に聞いた時には、胸の底まで黒い想いに焼け焦げてしまいそうだった。実際、やつが絡むと千羽矢は千羽矢でなくなってしまう。繊細な陶磁器のような千羽矢に、罅が入る。壊れてしまう。守りきれなくなってしまう。今までは、あいつからは近づかないのが救いだったが。

今日の昼の狂乱はひどかった。あんな千羽矢は二度と見たくない。あれほど想われていながら千羽矢に冷たいやつも許せない。

腕力に自信など、もちろん無かった。

腕力でどうにかできるなどとは思っていない。だけど、そう……、たとえば……。

たとえば、やつが女学生に暴力を振るったとなればどうだろう？

窓の外の空を見て、手にしたスマホの時計に目を落とした。時間の過ぎるのが遅い。まだ早い。もっと遅い時刻、みなが寝静まったくらいに、あの部屋を再訪しよう。普通にノックしてもチャイムを鳴らしても入れはしないだろう。千羽矢に対してもあんな態度だったのだから。けれど、「外で騒ぐ」と言ってやったら、どう出るだろうか。

第五章　初期微動

（一）

壁を突き抜ける悲鳴で目が覚めた。

夢の境界では女の悲鳴に聞こえた。目覚めると男が叫んでいた。隣だ。角部屋だ。

飛び出した唯人の視界に半開きのドアが入った。なぜかひどい熱気が吹き出している。異臭もだ。肉と髪が焼け焦げたような？

とっさに蹴り飛ばして閉めた。つっかけたサンダルの爪先が溶けそうな熱さだった。足指も熱い。火傷したかもしれない。叫びは止んでいた。

同じように叫びで起こされたのだろう面々が、次々と戸を開け顔を出す。

「いや……、うなされたって言ってて」中を覗いてもいないのに訳知り顔で、「ほら、病み上がりだから。退院したばかりで。悪い。そっとしておいてやってくれ」拝む仕草で、代わりに詫びた。

なんだよ、とブツブツ文句をたれながら寮生たちは部屋に戻っていったが、このままでは済まないだろう。舎監が様子を見にやってくるのではないだろうか。

背後からは、閉じられたドアからは、まだ異様な熱気が放たれている。尋常な事態でないのは確かだ。

唯人も自室に戻ると、すぐに蛇口をひねった。五、六枚タオルをずぶずぶに水が滴るほど濡らした。次いで、冷凍庫からありったけの氷を出して、濡れタオルに包んで持って出た。

隣室のドアノブにタオルを巻きつければ、たちまち湯気をたてて乾いていく。上から上から濡れタオルを巻きつけ、最後に氷を包んだタオルを押し当てた。手の中で氷の塊がみるみる小さくなり、にじみ出て落ちてゆく滴は湯のようだった。

氷が融けきって、両手の中の塊がつぶれ、それでも乾くことはなくなったのを確認し、唯人は苦労してドアノブを回した。濡れた金属の上を、巻きつけた布が何度も滑って空回りした。ようやくガチャリと回る手応えとともに隙間ができると、また熱気が吹き出してきた。異臭も。

「あかんて……」弱々しい声も洩れてきた。「開けたらあかん……。開けんでくれ……」

「永留?」異臭にむせ咳き込みながら呼びかけた。「永留だろ?」昼間のやつとは違う。

「開けんでくれ……。ほっといてくれ……」

「話させてくれよ！　昼間、おまえおかしかったろ？　ちゃんと話したいんだよ、おまえと。事情を聞かせてくれよ」

数秒の沈黙の後、すすり泣く声がした。

「永留……？」

「屋上……、上がっといてくれ」すすり泣きに湿った声が応えた。「すぐ行く。行ける思う……」

（二）

屋上に上がる前に自販機で炭酸を二本買った。少し前に取っ組み合っていたドアの熱にあてられたせいか、冷たいものが欲しくなったのだ。

着いた時点では、まだ誰も屋上に居なかった。しばらくして、うなだれた影が上がってきた。居残っていた寮生から聞いたとおり、喉に包帯を巻いている。

「永留？」

影がうなずいた。

「コレ」手にした炭酸を差し出すと、「そこに置いてくれ」直には受け取らず、打ちっ放しの床を示した。缶の一つを床に置き、もう一本を持って唯人は固いコンクリの上に尻を下ろした。消沈した様子の永留も置かれた缶の前に座る。何かに怯えているように膝を抱えて震えている。五月のほの暖かい夜気の中で、一人凍えているかのように震えている。缶には触ろうともしない。

唯人一人がプルタブを上げ、口をつけた。炭酸が喉につかえた。苦しい思いで飲み下した。

「聞かせてくれるか？」

「宇佐美がなぁ」

「宇佐美仁江が？」

「来よったんや……」

「それで？」

「入れんと騒ぐ、言うから中に入れた。俺やない。あいつやった」

昼間の、永留ではない永留のことか。

「入れたら……、宇佐美のやつ、いきなり自分で自分のシャツな……、襟、こう、引き千切って、こう、切りつけおったんや、隠しとったカッターで自分に向けて」

手振りで胸元を切る仕草をした。

「あいつもびっくりしたんやと思う。宇佐美を止めようとしたんやと……、多分……、思う……けど、触ったら、宇佐美、燃えてしまいよった」

異常に熱せられたドアと、熱気と、臭気を思い出して唯人は口を押さえた。ゲホッと、喉から逆流した炭酸が手の中にこぼれた。

「開けるな、て言うたやろ」永留が顔を上げた。口が笑いに歪んでいる。眉が泣いた形に歪んでいる。

「開けたら、おまえ吐いとったで。気絶したかもしれん。あちこち焦げて、熱で溶けて……。ひどかった……」

泣き笑いに、「あんまりひどいことなったから叫んだら俺……、俺に戻っとった……。多分、あいつも驚いて、驚いた拍子に引っ込んだんや。多分……。カミさんくせしてなんかトラウマあるみたいで……、今は一人反省会しとるわ。おかげで、俺、出てこれてん」

「神(かみ)……?」

「そう名乗っとった。あんな！」急に力を帯びた声で、「俺が俺でいられるん、多分、今が最後やから。気分ちゃうけど、喋る気分、全然ちゃうけど！　言(ゆ)うたるわ！」まくしたて始めた。「こん学校、な、神さん憑いとん、俺だけちゃうえ！　何人も、何人も、中身入れ替わっとる。元々そんためのカモフラージュの場所や！　あいつが言うとった！　これから神さんみんなでごっつい戦争するんやて！　そんために、こんな大学作って、仲間こっそりかき集めて……、そんで、そんで」日本、沈没するんやて。

「……映画？」確か、前の元号の時代にそんなタイトルの映画があった。日本以外が沈む映画も。

「アホか！　ボケとる場合ちゃうわ！」泣きながら永留は怒りだした。「時間無いんや、真面目に聞いてくれや！」

「ごめん。でも、そんな……」

「信じられへんやんな……。俺かて、自分、こんななってへんかったら信じてへん……」

「いや信じる」昼間の永留の異常な様子。この夜の悲鳴と叫びと焼けたドアとドアノブ、熱気と異臭。普通ではないことが確かに起きていた。「信じるけど、でも、じゃあ、どうしたら……」

「わからへん……」悲しげに永留は首を振った。「この学校、敷地内おったら沈みはせんらしいんや。あいつ、無茶するけど嘘はつかんから、多分、ほんまや。けど、身体は乗っ取られるかもしれん。戦するらしいから、ここおってもひどことなるかもしれん。逃げ場無いんや。おまえんとこの小父さん小母さんも助けたげたいけど、俺にはなんもでけへん。……あんな、頼むけど」永留は片手をコンクリの床についた。差し出すように唯人の方に指先を向けて、「無理かもしれんけど、頼むけど」

「何？」

「おまえはおまえのまんまでいてくれな」か細い、頼りない声が言った。「千羽矢のことも頼む。宇佐美があんななってしもて……。京都遠いし、酒木の小父さん小母さん、助けんの無理や。千羽矢、よう知らんとこで一人になってまいよる。俺はもう、あいつ戻ってきよったら……、今引っ込んどるあいつが戻ってきたら二度と俺には戻れへんし……」

返す言葉がみつからなかった。冗談のような話でもあるし、普通ならばとても信じられないところだし。けれども永留の表情は至極真剣で声には切実な響きがあった。そして永留の言葉が真実なら、ただの人間の学生に過ぎない自分に、いったい何ができるだろう。何が約束できるだろう。

「俺な……」悄然と沈んだ声を、ただ聞いていた。「もう、死んどるらしいんや……。なんでそうなったかわからん。気がついたらこうなっとって、あいつが入っとるから、かっこだけ生きとる。あいつが出てったらただの死体や。俺な……」この世とあの世の境界を越えた声を。「京都おった時、『ここは自分の場所ちゃう』思とった。なんでかしらん、ずっと思とった。どこおっても『自分の場所ちゃう』気がして……。あほやな。俺……、どっか……、ほんまはどっか、帰りたかったんかもしれん……」


おまえは俺みたいになりなや。


死者はそう言って口をつぐんだ。

手をついたままうつむく影を前に唯人は、出雲大社の帰り、最後に諭吉を見た時の気分を思い出した。あの時も何か言わなければと思い、言おうとして何も言えなかった。

今も同じだ。ただ沈痛の思いにたゆたうだけだ。

「——気は済んだようだな」

先ほど閉じた同じ口が、次に声を発した瞬間、唯人は手にした缶を取り落とした。尻をついたまま後退(あとじさ)った。転がる缶からあふれた泡立つ甘ったるい液体が、プツプツとつぶやきながらサンダルを濡らした。灰色の床に、さらに濃い灰色の染みを広げている。

「誰だ、おまえ！」昼間、胸に湧き上がった疑問。声にできなかった。それが自然と口をついて出た。

「火之迦具土(ひのかぐつち)」

永留の姿をした永留ではないモノが立ち上がった。

姿はそのままなのに、身体を満たすモノが違うと、はっきりわかった。黒褐色の両眼に宿る光が違う。

暗いのに、屋上を照らす照明は、昇降口から洩れる照明は、彼らの場所では薄まって弱々しいのに、月も星の力もほとんど何も明らかにしないのに、永留だったモノの両目だけはやけにはっきりと見える。

黒褐色のまま、底に熾火を宿したような。

火之迦具土と名乗ったモノが喉の包帯に手をかけ、ほどいた。下から、肌を走る筋が見えた。夜目にも燃えているかのように赤々と、首をぐるりと一周する傷痕にも似た筋が見えた。無用となった包帯が、手の中でぼっと燃えて灰となって散った。

永留が言っていた。ついさっきだ。――宇佐美、燃えてしまいよった――。あの戸口から吹き出した熱気、熱せられたドア、肉と髪の焼けた臭い……。こんな風に？

こいつに関わってはいけない。

脳内に鳴り響く警報を無視して、「どうして、宇佐美を燃やした！」わめいていた。

「本意ではなかった」

「言い訳すれば……、言い訳すれば！」ガクガク震えながら、「済むと思っ……て！」

「出てしまった結果はくつがえせない。話はもう済んだな」

きびすを返し去ろうとする後ろ影に、「待てよ！」声だけで追いすがった。「永留を返せよ！」

「無理だ」火之迦具土は顔だけを少し唯人に向けて傾け、「この身体の元の主からも聞かされたはずだ。こいつはとうに死んでいる。死者は戻らない」

「どうして……！」死ななきゃならなかったんだ、永留も、宇佐美仁江も。

「俺が器を手に入れるには、器の方から境界を越える必要があった。生と死の境界を。俺は封じられていたからな。女の方の状況はすでに説明したな」

「どうして……！　平気でいられるんだよ！」二人も殺しておいて！

「神がこの世に在って以来、いったい何億、何千億の人が黄泉に下ったと思う。その一つ一つに逐一、胸を痛めろと？」神の応えは無情だった。

「俺はこの器に宿っていたものを忘れるだろう」ふ、と声の温度が変わった。無慈悲な神の、かすかな慈悲が、「おまえが覚えていてやれ」感じられた。

人の肉体を着た真正の神が立ち去った屋上で、ただの人である神唯人は、残された、氷上永留がついに手をつけなかった床に置かれた缶へと這っていった。すっかり冷たさを失ったそれを握りしめ、額を押しつけてむせび泣いた。

永留が、消える直前に、「頼む」と言った時に、酒木千羽矢を「千羽矢」と呼んだことが今さらながら胸にしみた。「酒木」ではなく「千羽矢」と、彼は……。積み重ねられた不器用な想いが、かいま見えたようだった。「ばか……」

生きてるうちに、そう呼んでやれよ。

(三)

屋上から戻った寮の、渡り廊下は静かだった。あんな騒ぎがあった後だというのに舎監も巡回に来ていないようだ。信じられない。「何人も何人も中身、入れ替わっとる」永留は言っていた。

この大学はそのために作られたのだとも。経営者、教授、教諭陣、舎監も、寮生にも、〈神〉が混ざっているのか。彼らにとっては関心を払うほどの事件でもないのか。人の死に対する火之迦具土の冷たさを思う。

全てが絵空事のようだが、『真実』だと思えるのは、永留の変貌を目のあたりにしたせいだ。〈神〉の一柱と直に言葉を交わしたせいだ。炎を見たからだ。手の中で燃えた包帯――。永留はこうも言っていた。

「逃げ場は無い」と。

ふらふらと寮に戻って来たのは他に行く場所が無いからだ。大学の外にも内にも逃げ場は無いのだから。

考える。パットはパットのままなのだろうか、と。あの世話焼きのギリシャ人も、とうの昔に〈神〉に身体を奪われてはいないだろうか。仮にパットが人のままだとして、人としてどれだけ頼りがいがあったとしても、こんな人の手に負えない事態に、どう立ち向かってくれるだろうか。彼を助けてくれるだろうか。

酒木千羽矢は？　無事なのか？

永留に頼まれたものの彼女を守る手だてなど思いつかない。現在、まさに進行中の事態からも。これから降りかかるだろう災厄からも。

自室の前に戻った。空になっているだろう氷上永留の部屋の前には、片寄せられたタオルの束が落ちていた。タオルは全て乾いていた。焦げているものもあった。唯人がびしょびしょに濡らした、ドアの前の床も乾ききっている。

横目に見ながら隣のドアを開けて中に入った。こちらの床は濡れたままだ。やはり火傷をしていたらしい。脱ごうとしたサンダルの中で足がひどく傷んだ。

着信音が響いた。

床に落としたスマホに飛びついた時には、彼も〈神〉の手に絡め取られていたのかもしれない。相手を確かめもせず電話に出た時には。

「今、ひどく困っているんじゃないかい？」

男の声が聞こえた。知っている声だ。一度会ったことがある。父の会社に雇われているという話だった。こんな男を雇うのか、と驚かされた。

「戎さん……」呆然と名を呼んだ。

「実は門のところまで来ていてね」と応じて戎。「中に入るのを手伝ってくれたら助けてあげるよ」

（四）

指示されるままに、校舎の中を通って玄関まで抜けた。長い廊下を、火傷でズキズキ痛む足を引きずりながら歩いた。爪先は今も炙られているように熱い。痛い。熱い。

玄関ロビーの先の、二重のガラス扉の向こうで、長身の影が手を振っていた。どうやってゲートを抜けてきたのだろう。夜間は厳重に閉められているはずなのに。

「外には出ないで。ロックを解除してくれるだけでいいから」右手の中のスマホから、また指示が聞こえた。言われるままに自動ドアのロックを解除した。

「やあ、手間をかけたね」以前に会った時と同じく、厭味なほどに洒落た男は、にこやかに、軽やかな足取りで校舎内に入ってきた。

「ゲートはどうやって越えたんですか?」

「いやあ……、駐車場までは一度入ってるから、なんとかね」にやにやとごまかす。

「そこまで入れてたなら、外をまわって直に寮まで来てくれればよかったのに」

「ここから入ることに意味があってね。おっと」火傷の痛みに息を切らし汗みずくになっている唯人の前に、すっと身をかがめ、「怪我をしているね」火照る足に、ピアニストのように指の長い優美な手を当てた。「この足で長い距離を歩かせてしまって済まなかったね。これで少しはましになったんじゃないかな」

言われたとおり、熱も痛みも潮が引くように引いていった。

「いや、そっちではなくて」

立ち上がった戎を案内しようと来た道を戻りかけた唯人に、「私の指示する方に歩いてくれるかな。君が先に立って」うさんくさいことを言う。

電話の第一声からうさんくさかった。どうにもあやしい。なのに、この男の声を聞くとなぜか従ってしまうのだ。強制されている、というほどの圧迫感は無い。誘導されているような気はする。意識は自由なようでいて、奇妙に操られている感覚があった。あやしいと思う程度の理性は働くのに、疑念を掘り下げることができない。

初めてのはずの校内の構造に、なぜか戎は詳しい。見取り図でも暗記してきたかのようだ。言われるままに唯人は、灯の落ちた校舎を先導、というより、むしろ後ろから押される感覚で歩いた。

「そこを下りて」関係者以外立ち入り禁止の階段を下るように促された。地下はまったく未知の空間だ。

未知の空間も、戎は勝手知ったる風情だ。迷うことなく進むべき方向を示す。廊下の両脇の部屋にも、分かれ道にも惑わされない。

かなり長い距離を歩いた。

「ここだね」の声に立ち止まった。突き当りだ。目の前にエレベーターがある。開く扉から、皓々と灯った照明が眩しいほどにこぼれてきた。

昇降する箱の中には、二つしか、位置を指定するボタンは無かった。現在地と、最上階だ。指示されるまでもなく、最上階を押して待った。あやしい男と唯人を収めた箱は昇り始めた。

慣性に逆らう軽い抵抗を振動として感じた後、再びスライドして開き始めたドアの前に立つ唯人を男は、「ここまででけっこう。ありがとう」肩をぽん、と叩いて押した。

押されるままに唯人は前のめりに倒れた。開いたエレベータードアの向こうへと。朦朧となった意識の内に、「おや」と、軽い驚きを伝える声を聞いた。

「おや、番犬がいたね」と戎。

「何をしに来た！」この声も夢うつつに。

知っている声だ。永留の。違う、今は火之迦具土だった。氷上永留を食ってしまった神の……。

(五)

「何をしに来た、水蛭子神……、いや、ナイアルラトホテップ」

「兄に対してずいぶんとご挨拶だな、火之迦具土。それともプロメテウス？　ルキフェルと呼ばれたいか？　永劫の獄につながれているはずのおまえと、こんな所で会えるとは、とんだ僥倖だ」

戎笑司を名乗っていた神、ナイアルラトホテップは、浮かべた笑みを崩さず、優雅な足取りでエレベーターの箱から歩み出た。倒れている神唯人の身体をまたいで。

「何をしに来た、と言っている」

「率直に言うと」ナイアルラトホテップは長い指でさし示し、「おまえの後ろの部屋に用がある。とはいえおまえとも会いたかった。会えて嬉しいよ。心から」

「八重の結界に護られたこの敷地に蕃神は入れぬはず。どうやって入り込んだ」

「蕃神とはひどい言われようだ。私はこれでも地球の生まれだよ」ナイアルラトホテップは軽く憤慨のポーズをとってみせた。「まあ、アザトースの養子でもある現在の立場上、私の来訪を歓迎しない者も多かろうし、真正面から入るには支障があるよう感じられたのでね、彼に目くらましをお願いしたよ」

爪先で神唯人を軽くつついた。「さすが、守りが固くて縁を付けるのに苦労した。立場上、大国主大神にもお願いできないからね、残念ながら」

「当然だ」

「さっきからつれないけどね、火之迦具土」ナイアルラトホテップは人を誑す目つきを火之迦具土に向けた。「私は本当におまえに会いたかったんだ。以前から、おまえには親近感を覚えていた。兄弟の中で一番気が合うんじゃないかと思っていた。お互い父に疎んじられ、手ひどい扱いを受けた身の上だ。被虐待児童の会でも結成できるんじゃないか、とね。ほら、その首」指先で自身の首の外周をなぞる仕草を見せて、「依童に憑いても傷痕が浮かぶんだな、痛ましい」

「きさまの舌には踊らされん」火之迦具土の表情は険しい。

「『人』と同じに操れると思うな」声は頑なだ。「また、我らはもはや幼くもない」

「幼いよ」打ち返すようにナイアルラトホテップ。「宇宙全体を巡る時の長さと比すれば、我らなど赤子のようなものだ。それはそうと、少しばかり良い報せ（しら）があるんだが」

「きさまの舌には」

「踊らされん、だろ。もう誘わないから聞きなさい」ナイアルラトホテップは姿勢をただした。

「アザトースを警戒しているのなら心配無用だ。我が養父殿は現在、爆睡中だ。極上の楽士に極上の子守唄を奏でさせているからな。狂おしい太鼓の連打とフルートの単調な調（しらべ）だっけ？　太鼓でもフルートでもないんだがまあ、この辺は聴くものの感性とイマジネーションの問題だな。並の幻視者には星々の奏でる音律は理解できん。寝言は相変わらず凄まじいが、これは大目に見てもらいたい。私にも耐え難いんだ、あれは。しかし、起きていられるよりマシだ。それから、ヨグ＝ソトース殿におかれては、人類がみな蛙頭になってしまっては『神の子』を宿すにふさわしい胎がなくなってしまう、と、深く憂慮されているご様子でな。『地球の神々の健闘を祈る』そうだ。喜べ、『神』の祈りだ！　最高だろ！」両手を打ち合わせ、破顔した。「ご利益間違いなしだ！」

「父に直に伝えろ」うんざりとした調子で火之迦具土。

「会いたくないんだ」ナイアルラトホテップは顔をしかめた。「さっきも言ったろ。ひどい扱いをうけた。自分を虐めた相手の顔など見たくもないものだ。いや、おまえの義理堅さは……、称賛に値すると思うが、正直、理解に苦しむな。向こうだって会いたがらないだろう」

「言いたいことはそれだけか」

「うん」案外素直にナイアルラトホテップ。「ここまではすべて無駄話だ。私にとってもね。無駄話で時間をつぶすのは好むところなんだが、今は少々、過ごしたようだ。ほら」小首を傾げ、注意を促した。

「初期微動だ。始まってしまった。招集がかかるぞ」

第六章　船出のとき

(一)

けたたましい警報音に、神唯人は飛び起きた。脚が痛いと思ったら、閉じようとするエレベーターのドアに挟まれていた。引き抜いた。夢に聞いた警報音はまだ続いていた。戎笑司に肩を押されて倒れた時に取り落としたスマホが、わめいているのだった。

【強イ揺レガ来マス。強イ揺レガ来マス】

「安心したまえ。天鳥舟は沈まない」頭上から降ってきた声に見上げれば、戎笑司が「おっと」と右手で自分の口をふさいでいた。

「ナイアルラトホテップ！」思わず叫んだ唯人に、「おや？」不思議そうな目を向けた。

「そっちの名前で呼ぶのかい？　君は確か、今の今までおねんねしてたはずだけど」

「ゆ……、夢の中で……」失神している間に妙な夢を見た。氷上永留の顔をした火之迦具土と、戎笑司の顔をしたナイアルラトホテップが不穏な会話を交わして……。不明瞭な夢の中身が思い出された。

——彼に目くらましをお願いした——。「ぼくを騙したな！」跳び上がって掴みかかった。

「人聞きの悪い」指の長い大きな手で、唯人の両手を捉え、戎笑司ことナイアルラトホテップは首を横に振った。「利用しただけだ。火傷を治してあげただろう？　この先も利用した分、助けてあげるよ。私は取引において公正な神なんだ」

「そいつを信用するな！」火之迦具土が警告の声を上げた。ほとんど同時に強い衝撃が床を衝き上げた。

「おおっと！」倒れかけた唯人をナイアルラトホテップは抱き支えた。「ほら、私は頼りになるだろう？」

意地の悪い笑みを浮かべた。

「そいつを信用するな！」なおも火之迦具土は警告を重ねた。「アーカムのウォルター・ギルマンという青年を破滅させた。また、ランドルフ・カーターという男を惑わし、宇宙の深淵に潜む邪悪な神の元に送ろうとした。他にも狂わせた人間は数知れん！　そいつの本性は混沌！　その取引はけして公正などではない！」

見も知らぬ外国人の破滅が語られる間にも足元は、激しい縦揺れから波打つ大きな横揺れへと移り変わった。唯人は一人で立つこともままならず、ナイアルラトホテップの腕に捕らわれていた。

「心外なことを言ってくれる」ナイアルラトホテップは意地悪く微笑んだまま抗弁した。「混沌は確かに私の本質だがね。ギルマンもカーターも宇宙の真理を求めたのだよ？　魂を対価としても足りないくらいの強欲じゃないかね」うそぶいた。

「そんなことより火之迦具土、おまえはいつまでここで愚図愚図してるんだね。なすべきことが他にあるんじゃないのか？　ルルイエは今まさに浮上しつつある。地球の神々の仇敵が蘇りつつあるというのに。

こんな時に、たかが人間一人の魂の行き先を気にかけるほど慈悲深い神だったかね、おまえは！」

ナイアルラトホテップの言葉は鋭く突き刺さったらしい。狼狽の色を見せた火之迦具土に、『彼女』が気にかかるなら心配は要らない。『彼女』を害することができるのは、おまえくらいのものだ。私ごときがどうにかできるものか」

苦渋の翳が、火之迦具土の顔をよぎった。苦痛の翳ともいえたかもしれない。一瞬。振り切って駆けだした。波打つ床をものともせず、おそらくは、なすべき事をなすために。去った。

「さて」ナイアルラトホテップは、文字通り手中にある神唯人を見下ろし笑みを深めた。「幻視者の資質か。なるほど、そういう星廻りでここまで導かれたわけだ。神は、己が語られ伝えられることを望むからな。そうとわかれば、事の終わりまでを見届けてもらおうか、君には」左腕に唯人を捉え引きずるように先に進んだ。

火之迦具土の立ち去ったあとへ。郷改大附属病院の隔離された一室、平坂成実と名札の差し込まれた病室のドアへと。

（二）

混沌の神の手で開け放たれた戸口の向こうには、白衣の女が立っていた。神の一柱であることは一目で見てとれた。大波に揺られるかのような床の上で、踏ん張りもせず自力で立っていたからだ。

見た目は五十近い、初老の女だ。整った品のある厳しい顔立ちをしている。その厳しさが、均整が、驚きで崩されていた。この部屋に来訪者、それも混沌の訪問など予想だにしていなかったにちがいない。

唯人に「紹介しよう」と、ナイアルラトホテップは片手をひらり女の方に向けて、「こちらは菊理媛命。生と死の境界の管理者だ。〈死〉に直に触れて無事でいられる唯一の存在でもある」また手をひるがえし、「菊理媛命、こちらは神唯人くん。神ならぬ人間ではあるが有能な幻視者でね。我らにとってのアブドゥル・アルハザードになってくれるのではないかと思われる期待の星だ。今後、死霊秘法ならぬ生ける神々の書を記してくれる予定だ。お見知りおきを」

九久里ゆかり、もとい菊理媛命は文字通り棒立ちとなっていた。まさしく、侵入者を予想していなかったのだ。いかなる人も神も、この部屋には入れぬはずだった。そもそも入ろうともしなかった。部屋に収められた患者が恐れられていたからだ。ましてや地球の神ならぬ蕃神、這い寄る混沌の侵入など！

郷改大、天鳥舟に張りめぐされていた結界を、どのようにしてくぐり抜けてきたというのか！

「菊理媛命」にこやかな表情に反し、彼女を呼ぶ混沌の声は冷たかった。

「私が何をしに来たかわかるかね」

言葉も無く、ただ否定のために首を振るしかできなかった。

「私はね、貴女の仕事ぶりを確かめに来たのだよ」と、ナイアルラトホテップ。「貴女が職務に忠実であれば何も手出しをする気は無かった。ところが、今、目の前にあるのは、とんだ職務怠慢だ。事ここに至って何を手をこまねいているのかね。〈死〉を解放すべき瞬間はとっくに過ぎた。こうしている間にも時は無為に過ぎていく。伊奘諾尊は虚しく待ち続けているぞ」

混沌が一歩、足を進めた。菊理媛命は首を振りながら後退した。ふわり、カーテンが背に触れた。患者と戸口を隔てるカーテンが。揺れに波打つカーテンが。

「ところで」ナイアルラトホテップは空いた手の指を立てた。「私には三つばかり欠点がある。一つ目は無駄話が過ぎるということ。二つ目は、心外ながら、なかなか信望が得られぬということ。三つ目は、下衆な勘繰りをしてしまう癖があることでね」三つ立てた指を見せつけ、「貴女の解せぬ怠慢について失礼ながら勘繰ってみた。一つ」指を折った。

「敵方と通じている。これは無いな。利が無さすぎる。〈偉大なる古き神々〉の力を得るにしてもあの大司祭が邪魔になる。やつが同類以外と力を分かち合うとは考えられない。二つ」二本目の指を折った。

「〈死〉の覚醒を恐れている。いや、これも弱いな。〈死〉の危険性については、計画の初めから論議し尽くされたはずだ。人の生で数えて数代前からだ。それに、〈死〉の意思がどうであれ、貴女が〈死〉に害されることはない。三つ」三本目の指が折られた。

「恐れているのは、『よりを戻される』ことだ。伊奘諾尊と伊弉冉尊の。当たりか」ぐらり、菊理媛命の膝が折れ倒れかかるさまを見下ろし、「そういえば、前々から私は疑問に思っていたのだがね、伊弉冉尊亡き後に生まれた三貴子、天照、月読、素盞嗚、あれらの母親は誰かと。もしかして貴女か。これも当たりか。此の度、彼らの動きが鈍いのも……、ああ、まあ、末っ子は元からの気質か。月読については貴女が言い聞かせたのだろう？　地球がどうなろうと引っ越し先はあるわけだ。大当たりだな。己の恋のために惑星の命運をなげうつとは恐れ入ったものだ」

「貴方が何を知ろうと何を言おうと！」床にへたりこみ両手を付きながらも菊理媛命は声を張り上げた。

「何もできはしない！　誰も、この方に手出しはできない！　私以外の何者も、この方には触れることすら……！」

「ところが、そうではないんだ」折られた指の一つが戻された。人差し指が。

「火之迦具土は知らずに行ってしまったが、実は私も〈死〉を恐れない。恐れる必要が無いのだ。私は這い寄る混沌。すべての境界を越境する者だ。生と死の境界もまた！」

ナイアルラトホテップの右手が、ぐにゃりと形を変えた。立てられた人差し指が長く伸びた。シャッと鋭い音を立て、菊理媛命の背後のカーテンを引き開けた。

「お久しゅう！　母上！」引き開けられたカーテンの向こう、ベッドに横たわる少女の姿をした女神に向かって「お目覚めください、貴女の長子が会いに戻りましたぞ！」混沌の指を伸ばし、鋭い刃物と化した爪で、少女の右腕に何重にもはめられた封印のブレスレットを一気に掻き切った。

変化は即座に現れた。

人形めいて凍りついていた無表情に生気が宿った。凄気と呼んでもよい。二つの黒瞳は大きく、くわっと見開かれ、病衣に包まれた上体のみならず足の先までがバネ仕掛けのようにベッド上に起き上がった。備え付けの、転がるキャスターで前後左右に揺れていた寝台用テーブルが弾き跳ばされ、向かいの壁にぶつかり倒れた。窓ガラスが粉々に外へと吹き飛んだ。その間にも少女の短く刈り込まれていた髪は、みるみるうねりながら伸び、彼女の細い体躯を包みこんだ。

少女はくるり向きを返ると、唯人らには目もくれず、窓へと跳んだ。黒々と夜に染まった窓へ。広がる今や丈なす黒髪そのものが、闇へと溶けて吸い出されていった。窓の外の夜の闇に呑み込まれた。

「あああああ！」菊理媛命が床に突っ伏し背を波打たせ嗚咽（おえつ）した。「お逃げください！　伊奘諾尊（いざなぎのみこと）様！　お逃げください！」

背信の女神の嘆きの止まぬ間に、ずん、と重い衝撃が走り、揺れは収まった。

異変が終わったわけではない。

夜の闇に塗りつぶされた外は見えないながら、音が。地の砕かれ引き裂かれる悲鳴が、風のごうごうと雄叫ぶ声が、彼らを入れた建物を包む静けさの外で荒れ狂っている。

「彼女はいったい……？」

ようやく自分の足で床に立つ自由を取り戻した唯人が茫然と尋ねた。

「伊弉冉尊、あるいは黄泉津大神」隣からナイアルラトホテップ。「すべての母なる神にして、黄泉下って後は黄泉を統べる女神となられた。今や黄泉から汲み上げられた〈死〉そのもの。かつての夫に会いに行かれたのだよ。死してなお面影を追い続けた愛しい夫に。さて」

ニッと唯人に笑みを向け、「ここでの私の役割は終わった。行こうか」

「どこへ？」

「見晴らしの良い場所へ。言ったろう。君には事の終わりまでを見届けてもらう、と」

くるりきびすを返し、「ようやく船出だ。時間がかかったな」ははは、と、声に出し笑った。「半ばは私のせいか。我ながら悪い癖だ。無駄に話を引き伸ばしてしまった」

（三）

けたたましい緊急地震速報の声が寮のすべての部屋で叫んだ時、言うまでもなく、酒木千羽矢は自室のベッドで眠っていた。嫌な落ち着かない夢を見た気がしたが、夢の残り香も何も警報が蹴散らしてしまった。

【強イ揺レガ来マス。強イ揺レガ来マス】

枕元でスマホが連呼している。警戒しろと言われてもどうすれば良いのだろう。うろたえている間に最初の揺れが来た。

衝き上げる縦揺れに、マットに叩きつけられた。安全な場所に移動しようにも身動きもできない。とっさに枕元のスマホを手にとるのが精一杯だった。

ディスプレイの示す時間は午前三時の半ば過ぎ、もうすぐ四時。

叫ぶスマホを握りしめ、必死に毛布を頭までかぶった。続く横揺れは遊園地のアトラクションのようだ。安全装置の無い。危険きわまりない。

何かが横たわった身体の上を飛び交った。いくつかは毛布越しに身体にもぶつかってきた。柔らかいもの、固いもの。壁にぶつかり跳ね返る音、ぐしゃりと潰れる音。どこかでガラスの割れた音も響いた。自分を支えるマットの存在だけが頼りだ。振り落とされまいと必死にしがみついた。

揺れは長かった。悲鳴を上げたかどうかは覚えていない。気がついたら頬はびしょびしょに濡れていた。あまりに大きくうねる揺れに気分が悪くなった。ここで吐くわけにはいかない。耐えるしかない。恐怖と、胃のひっくり返りそうな気持ち悪さと、どちらにも終わりが来ないように感じられた。少しの間、失神していたかもしれない。

ガツンと、また大きな衝撃を感じて、目を開けた。揺れは鎮（しず）まっていた。地鳴りと風の音だけがまだ、遠くにごうごうと唸っているのが聞こえる。もっと近く、ガンガンと戸を叩く音が外から聞こえた。ガンガンと、だんだんと近くなってくる。

ガンガン！　千羽矢の部屋の戸も鳴った。チャイムも併せて。

「酒木さん！　酒木さん、無事ですか！」

外から呼びかけてくる。知っている、舎監の女教員だ。「あ、はい！」叫び返してがばりと起きた。かぶっていた毛布の上からバサバサと何かが落ちた。ノートか教科書かもしれない。

「酒木さん！　出て来られますか？」

「怖ぁて……。何がどななってんのか……」

激しくシャッフルされた後の部屋はひどく散乱していた。薄暗く落とした照明の下で、足の踏み場もあるやら無いやらわからない。「少し待っていて」合鍵を使っているのだろう。ガチャガチャと鍵の差し込まれ回される音が響いた。

戸を開けた教師は、手にした懐中電灯で玄関を見回し、「とりあえずこれを」拾い上げた靴をベッドの下まで持って来た。

「他の物はあきらめなさい、今は。避難が優先です。毛布も、何か破片が付いているかもしれませんし、危険です。避難所で改めて配ります。行って」

靴下を履かない素足に靴は心細く感じられた。薄いパジャマの下には最低限の下着しか着ていない。何かはおりたいけれども、服の捜索が許される状況ではなさそうだ。胸のふくらみを隠すように両腕を回し、自分の身体を抱いた。

「あの……」

「なんですか、急ぎなさい」

「仁江ちゃ……、宇佐美さんは？」

「宇佐美さんなら、先に避難しています」

信じるしかない。

玄関を出れば廊下をみんなが同じように腕を身体の前に回し背を丸めて歩いている。列に混ざった。

誘導される先は、下の階へ下の階へと向かっていった。どうして下なのだろう。上階にも集まれる場所はあるはず。それとも、上は潰れてしまったのだろうか。ひどい揺れだったから。それにしてもずいぶん下りた。この階は、もう地下ではないのだろうか。

時折、流れに逆らって上がっていく学生がいる。なぜか彼らは誘導員に止められない。見覚えのある顔もちらほらと混じっている。今すれ違った青年はインドから来たという留学生だ。それから……。

「パットさん?」思わず追いそうになった。誘導員に肩を押さえられ列に戻された。

出雲大社に誘ってくれた人懐こいギリシャ人は、千羽矢の声に気づかなかったのか振り向きもせず行ってしまった。別人のように険しい表情をして。

ここへ、と導かれた地下室は広かった。こんなに広い部屋が地下にあったとは、と驚かされた。いや、そこは地下ではなかった。窓がある。窓の外はまだ闇だけれども、ちらちらと星が。そして、雲が……。

月光照り返す端切れのような雲が流れている。窓のすぐ外を。

(四)

日本列島全土を、否、環太平洋全土を襲った激震は、あまねくすべての島々に、大陸の沿岸部に、甚大な被害を与えた。

最初の一撃で、眠らぬ摩天楼擁する大都市は砕け散った。田園の古びた家の柱は折れた。高架の道路は倒れた。地を走る道も、あるいは割れ、あるいは陥没した。

列車はレールから引き剥がされ横転した。車は転がり、落下し、ぶつかり合い重なり合い、へしゃげ、発火した。爆風が一面を舐めた。ガラスの雨が降った。揺れに耐えかねうずくまった人々の服を、皮膚を、肉を裂いて血で路のタイルをアスファルトを、赤く染めた。崩れた壁が、屋根が、家に命の灯をともしていた人々を圧(お)し潰した。昼の国も夜の国も平等に破壊し尽くされた。

最初に世を去った人たちは幸いだ。続く恐怖も痛みも知らずに済んだのだから。

揺れは収まらなかった。死者は秒ごとに増えていった。早いか遅いかだけの差だ。鳴り響く警報は虚しい。打つ手など無い。逃れられる場所など無いのだから。

たまたまガラスの雨の難から逃れ、焼死、爆死、圧死から逃れ得た人々も、続く災禍の訪れを予期して絶望に倒れ伏した。彼らは知っている。繰り返された過去の災厄に学んだのだ。これほどの規模の揺れならば、来る。必ず来る。あれが。

巨大な波が――。


郷改大近隣の家々は沈黙の中、波打つ地に翻弄されていた。眠りのさなかに急襲されたのだ。大自然の異変に。

警報は確かに初めのうちは鳴っていた。まばらな民家の中からまばらに響き、やがて消えた。悲鳴は多少は上がったかもしれない。すぐに静まった。起きて家を出る者は無かった。人の脚の耐えられる揺れではなかったのだ。這うこともままならなかったろう。それどころか、想定された基準をはるかに超える大地からの衝撃に、神ならぬ人の手による設計もまた、耐え得なかった。中に住民を抱いたまま、民家は順次、瓦礫の山と化していった。

崩れゆく壁と屋根とに抱かれた者はひとたまりもない。揺り起こされたにしても、直後に頭上より降ってきたヒュプノスとタナトスのくちづけを受け、また眠り、より深い眠りへと落ちていった。二度と目覚めなかった。大地の咆哮だけが猛々しくこだました。

よって、誰も見なかった。

郷改大の、陸に乗り上げた船にも似た敷地外周を固めていたコンクリートの壁が、地震でもあればいかにも危うかろうと、みなに噂されていた壁が、予測されたとおりにボロボロと崩れてゆくさまを。

崩れた壁の中から、誰も見たことの無い材質でできた別の壁が現れるさまを。隠されていた窓にともる灯（ひ）を。まさしく巨大な船そのものである塊が、崩れゆく大地から離れ、天に船出する姿を。

そして誰も見なかった。

黄泉比良坂と、伝説にちなんで名付けられた地で、二つ並んで立っていた石の根本が崩れた。巨大な穴が口を開いた。

ささいなことだ。降ってわいた災厄の大きさを思えば。こんな僻地に穴の一つ程度増えようが。穴の中から、腐れた肉を滴らせた死者の群れが大挙して湧いて出ようが。天に船出した影を追って走り出し、揺動を続ける地を腐敗に埋めつくしていこうが。

第七章　混沌は語る

（一）

「知っているか」打ちっ放しのコンクリートを踏んで、ナイアルラトホテップは言った。「ここが造られて間もない頃、まさにこの場所で神が祈ったのだよ！　より大いなる存在、宇宙の涯（は）てに住まう、さらなる高位の神に向かって祈ったのだ」両手を空に高くかかげ、「おお！　宇宙の創り主よ！　ノーデンスよ！　我らを救いたまえ！　ははっ」意地悪く笑った。「傑作だ」

唯人はそれどころではない気分だった。

屋上に出れば、その片隅での永留との別れが思い出されて胸が締めつけられた。数時間と経っていない。同じ夜のうちに起きたことだ。加えて眼前に、眼下に広がる景色がとんでもない。

飛行機に乗った経験は無かった。テレビでは見たことがある。ネット上の動画でも。丸い窓の外を流れる景色。屋上からのパノラマは飛行機の小さな窓よりもずっと広大だし、大学の敷地も翼よりずっと広い。だから厳密には違う、けれども似ているのではないかと思える。彼らは空を飛んでいるのだ。

頭上には星空。ちぎれ飛ぶ雲は速やかに流れてゆくが、初夏の星座の動きは緩慢だ。はるかに遠く巨大な存在だからだ。周辺は闇。少しずつ薄れつつある。闇の薄い方が、おそらくは東だ。雲は東から西へと流れている。本来の気象の変化からすれば、西から東へ押し寄せてくるはずが。彼らが、その変化を追い抜き移動しているのだ。

これほどのスピードで移動しながら、本来ならば、屋外の彼らを吹き飛ばすほどだろう風圧が、そよとも感じられない。なぜ？

「結界が張られているからね」心を読んだかにナイアルラトホテップが答えた。「八重（やえ）の結界。八重垣（やえがき）作るその八重垣を――、と、これは末っ子の詠（よ）んだ歌か。場所も少し違ったな。ともかく、守りは固い。安心して立ってこちらに来たまえ」軽いステップで、船にたとえれば舳先（へさき）のある方へと向かった。

唯人はふらふらと、艫（とも）のほうへと吸い寄せられた。別れを告げたはずの故郷が、そちらにあるはずなのだ。

見えない。

闇に呑まれて見えない。

大学の敷地内は、施設の周辺は、窓から洩（も）れる光で薄く照らされていた。光の輪の外は暗く沈んでいる。それでも普段なら、施設外の心細い街灯、民家の灯りがぽつぽつとともっている。月でもあれば、山影はいっそう黒く横たわって見えたものだ。それが今は同じ色の闇に塗りつぶされている。

いや、光はあった。赤い光。ゆらゆらと揺れる。上方へと手を伸ばし周囲を侵食する。

何かのきっかけで上がった火の手だろう。一つ、二つと増え、広がっていった。広がりつつ後方へと遠ざかってゆく。

火は人の領域でのみ上がったのではない。

薄れてゆく闇の中で、広がる薄明の下で、少しずつ明かされていく光景に唯人は顔をおおった。

大学の敷地の外は、すっぱりと失われていた。敷地内はあれだけの揺れを受けた後だというのに平穏。穏やかでないのはその下だ。大学は今しも中国山地の上空を過ぎ、四国のあった場所をも通過しようとしていた。巡礼の聖地であった島影はもはや無い。青い海原と、牙むく白い波濤だけが荒れ狂っている。

四国だけではない。夜を徹して眠らないはずの太平洋沿岸の人口密集地の灯り、それをつなぐ高速の灯り、すべてが消えていた。見渡す限り波濤が荒れ狂っていた。

地球のプレートの影響から離脱した大学はむしろ不動の大地さながらだが、本州は未だ激しく揺動している。山嶺は崩れゆき刻々と稜線の形を変え、ところどころ火を吹いていた。吐き出される火炎は、粘性のマグマだ。灼熱の岩石だ。強大な地殻変動に誘発されたものだろう。これもまた山嶺の形を刻一刻と変えつつある。

燃える岩塊とともに激しく噴煙が上り、明けつつある空の名残の星影を隠していた。恐ろしいことに、マグマは点で噴き出すのではなく山肌に無数の線を引きつつあった。焼けただれたラインから、ミシミシと島は、かつて豊葦原とも瑞穂の国とも呼ばれた島は、裂けつつあった。

大洋から押し寄せた波は……、波というよりも海そのものの侵略だ。いかなる人知を以てしても予測し得なかったろう巨大な波は、はや、列島を縦に分ける山嶺の頂にまで到達していた。

弓なりに反った島は悲鳴をあげていた。断末魔の叫びでもあるかもしれない。背骨を砕かれ沈みゆくものの。

逆巻く海は怒号していた。あるいは勝利の凱歌かもしれない。轟く波濤の雄叫びは。

海水は火を吐く頂で沸きたち、赤い裂け目で沸きたち、黒々とした噴煙に混ざって蒸気の白い煙となって上った。なおも侵略の行軍を止めず、壁と居並ぶ山嶺を乗り越えようとしていた。呑み込もうとしていた。火と水のせめぎ合いで激しい爆発が幾度となく繰り返された。

天に熱風と無数の燃える岩塊が吐き出された。岩は噴き上げられた限界に達せば落下する。あるいは未だ残る土地に、あるいは地を呑み侵略を続ける煮えたぎる海面に。海面はみるみるせり上がりつつあった。

誰がこの災禍から逃れ得よう。唯人は屋上の手すりにもたれかかったままズルズルと滑り落ちて膝をついた。

(二)

「唯人くん、唯人くん」苛立たしげに背後から混沌が呼んだ。破滅の奏でる轟音渦巻く中だというのによく通る声だ。反対側、飛ぶ大学の進行方向前方の手すりを掴んで背を反らせて、「そんな方角を見るのは止したまえ。気が滅入るだけだ。アルキメデスもユリイカと言った。海をわけて隆起する質量があれば周囲がわりを食うのも道理だ。仕方ないだろう。そんなことより、こっちだよ。これからの見ものは、こっちだ。来たまえ、もうすぐルルイエが見える」

「ルルイエって……？」

「C——の眠る奥津城のある場所だ。今まで海底に沈んでいたのだが、浮上しつつ……」

唯人は耳を押さえ身を折った。「C——」と聞こえた瞬間、ひどい衝撃が脳の芯を叩きのめした気がしたのだ。

「あ、すまない。あれの名の正確な発音は君たちの脳には耐え難いのだったね。クトゥルフ、仮にクトゥルフと呼ぼう」ナイアルラトホテップは訂正した。

頭に残る衝撃の残響を振り払い、唯人はよろめく足で立ち上がった。ナイアルラトホテップの待つ方へと、力無く、とぼとぼと歩み寄った。背後に繰り広げられている破滅が後ろ髪を強く引く。

「そんなしけた顔をするなよ」と、人の気も知らぬげな気軽さでナイアルラトホテップ。「大八洲国、列島は役目を終えたのだよ」

「役目……」

「日本列島は長らく、太平洋からの防波堤であり監視拠点だった。だが、天鳥舟が飛び立ち、ルルイエ本土での決戦に臨む今となっては、あっても無くても同じことだ」

「神様は冷たいんだな」

「君は蟻の巣の安寧を願うのかね」混沌の神は冷笑した。「それ以上のスケールの差があるんだよ、私たちと君たちとではね。まあ、地球の神々は、庭師としては丁寧な仕事をする方だったよ。小さいモノの世話や観察を好む者もいた。学究肌というか、愛護精神の持ち主というか」

「あんたは違うんだろ」

「とんでもない！　私は君たちを観察するのが大好きだよ。愛していると言ってもいいくらいだ」

「巣に熱湯をかけて喜ぶタイプだ」

「まさか！」大げさにジェスチャーで否定して、「蟻地獄の巣に落として、逃げ切れるかどうか賭ける方が断然、アツいね」

やっぱり、という表情が、見えたらしい。

「いや、本当に、これでも私は慈悲深いたちだ。その証拠に君を助けている」

「どう助けられたのかわからないよ……」

「これからわかるさ。骨身に沁みてね。そうだな、たとえば、クトゥルフの咆哮からも君は守られている。私の加護で」

「クトゥルフの咆哮？」

「先ほど名を聞いただけでも気分が悪くなったくらいだから察しもつくだろう。クトゥルフを直視し、その声を耳にして正常な精神を保てる人間は居ない。元から正気ではないあれの信者は別としてね。君にはこれからすべてを見届けてもらわないといけないから、肉体も精神も守ってあげよう。何を見ようが聞こうが、正気を保っていられる。私の加護からこぼれ落ちた上で多くを見すぎたアブドゥル・アルハザードのようには、惑乱せずに済むよ」

アブドゥル……、先にも耳にしたアラブ系の名前だ。意味がわからないが、なんだかひどく大変そうだということだけは伝わった。

「酒木千羽矢の身の安全も付け加えよう。頼まれたのだろう？」

永留の最後の頼みを思い出し、唯人は目を閉じた。

「……彼女は無事？」

「無事だ。彼女自身のままでもいる。約束したからには、他の神からの干渉も阻もう。以後、神が望んでも彼女は憑かれはしない。人のままで終局を迎えるよ」

どうだ気前がいいだろう、と言いたげな得意げな響きだ。

「クトゥルフの咆哮とか、からも彼女を守ってくれるんだ？」

「もちろん」

「クトゥルフとかいうのも、神様？」

「あー……、それは……」急に歯切れの悪い調子でナイアルラトホテップは、「微妙なところでね」

見れば少々困り気味な表情で、右の頬を二本の指で叩いていた。

「大いなる存在ではある。信者たちはもちろん『神』と崇めている。崇められているという面では神に等しいのだが、地球の神々は断じて認めないだろうな。第一、存在の階層(レイヤー)が違う」

「れいやー？」

「この宇宙を、君たちは自分が目覚めている範囲で意識できる一つの層しか知覚してないだろう？ 他には無いと思っているだろう？ 違うんだな。実は何重もの層が重なってできている。神々は通常、君たちとは異なる階層(レイヤー)に住んでいる。神界層と呼んでおこう。多重の階層を知覚し、神界に居ながらにして他の階層に干渉できるからこそ、神は神なのだ。もっとも、本拠地である神界の外の階層に干渉するのは面倒だし甚だ安定を欠く。通常、何も介さずに行われる干渉は瞬間的なものに限定される。安定した干渉を持続するためには拠(よ)り所が要る。それが依代(よりしろ)であり、人を依代にしたものが依童(よりわら)だ。氷上くんもそれに選ばれた一人だね」

永留の名を出され唯人は顔を曇らせた。

「あんたは……？」

「私は自前だよ、ほら」突如、目の前でナイアルラトホテップは容(かたち)を失った。人型でなくなるどころではない。床に溜まったメタリックに虹色を添えたかのような、粘性の高い液体と化してしまった。人が溶ければできるだろう大きさの水たまりが広がった。奇妙に色を変え続ける。宇宙の色とでも言うべきか。「人体でこういう真似はできないだろう。多重宇宙のすべての層を己の身体のままで自由に行き来できるのが私の特権でね。話を戻していいかな？」メタリックの水たまりがしゃべった。

あまりのことに、うなずくしかない。

即座にナイアルラトホテップは元の姿に復した。

「クトゥルフの本体が存在する層は、人の世界でもある、まさにこの層なんだ。だから神というより、はるかに『生物』に近い。今は衰退して見る影もない『旧支配者』というのもそうだった。並外れて強靭（きょうじん）なだけの生身の生命体だ。肉の塊だ。『肉』てのは言葉のあやで、材質は様々だけどね。『この世』的な存在てことだ。そのくせ、あれの咆哮は多重宇宙の異界層まで揺るがすんだよ。ごく最近の昔、生まれてすぐに自壊した小クトゥルフですら精神界層に干渉して多くの人々を悪夢に悶えさせた。今度覚醒める大クトゥルフは神界層までも震撼とさせることができる。しかも、地球の神々にとってノーデンスという高位の存在があるように、クトゥルフにもまた、より高位の〈偉大なる古き神々〉、これは正真の神界層の存在なのだが、かつて神々の戦いで敗れ去った者だ。この、神としての身体も喪い意思無き純粋なエネルギー体となった〈偉大なる古き神々〉とのつながりがあり、だから神ならぬ大司祭とも呼ばれるわけだが、そいつらを復活させることができる。あるいは、その力を随意に利用することができる。それを行使した時の惑星全体への影響は計り知れない。生ける神々も、安閑と熟寝（うまい）を貪ってはいられぬわけだ」

問題は、と、元の形に戻した指を立てた。

「問題は、クトゥルフの本体はこの階層、人界層にあって、倒すためには神々はここまで下りてこなければならない、ということだ。だから、持続的な安定した干渉を可能とするために依童が求められ、この階層で天鳥舟、今まさに私たちを運んでいるこれだがね、こいつが建造されたわけだ」

「なぜ……」

「んん？」

「なぜ、今までクトゥルフは何も仕掛けてこなかったの？」

「一言で言うと、やつも寝てた」

「どうして今になって目を醒ましたんだよ」

「それは星の巡りの問題で——、信者たちはこう信じていた。『星辰が正しい位置を占める時』、つまりクトゥルフが一番元気だった『太古』の昔と星辰の配置が完全に一致すれば、やつは覚醒めると」

「今、その星辰が一致したと？」

「あり得ないね。宇宙がどれだけ広大だと思うんだ。君の想像が及ぶ以上だよ、保証するよ。しかも全体が複雑に回転し続けている。各恒星系が公転しながら、その恒星系も所属する銀河の中で公転している。さらにその銀河系も、という状態な上に、恒星にも寿命がある。銀河にも寿命がある。新しく生まれる星もある。銀河も産声をあげる。この数十億年で星座も配置を変えた。この星系にだって寿命がある。地球の神代を超えてさかのぼる宇宙の神代において、黄泉津大神を超えるいずれかの神が定めたのかしれんが、星々もまた定命（モータル）のものなんだよ。よって、一度動いたものは、けして同じ位置に戻らない。これまでも、この先も、何十億年経とうと永久に、『太古』の星辰との完全な一致は起こり得ない！」

「じゃあ、どうして！」

「たまたま似てしまったんだなぁ、配置が」代替品でも応用の利くところもあって、と、少し気まずげな笑みを浮かべた。

「そんないい加減な……」

「森羅万象の法則ってのは、案外アバウトなもんなんだよ」

「目を覚まさないようにはできなかったわけ？」神様なら。

「あのね」やれやれというふうにナイアルラトホテップは肩をすくめ、「神と言ってもランクがあってね。ノーデンスならできるかもしれないけれど、地球の神々くらいでは宇宙全体の運行に干渉する力は持たない。惑星の神の力は惑星の環境を制御する程度にとどまるんだよ。そして、より高位の存在には高位の存在なりの闘争がある。辺境の惑星の一つや二つ、どうなろうが興味の対象外だろう」

「それじゃ、目を覚ます前にどうにか……」

「困難だね。困難だったからこうなった。地球の神々も一枚岩ではなくてね。遺恨だの反目だのあって、余程のことが無い限り力を合わさない。クトゥルフの件は『余程のこと』ではあったんだが、眠っている間は緊張感を欠いていたわけだ。また、眠れるクトゥルフも無防備ではなかった。ルルイエのやつの館は深海の闇に護られ水圧に護られ分厚い海水の壁に護られ、海に適応したやつの眷属にも護られていた。これを攻めるのはなかなか厄介でね。さっき言った依代の問題もある。深海の生物は神々の器には適さないからね。むしろ浮上した後、やつの眷属が再度陸に適応する前を狙った方が楽なんだ。つまり、今こそがチャンス。ピンチはチャンスということさ。人間には気の毒をしたがね。他の一般的な生物たちにも」

「それで、クトゥルフを放っておいたら、どうなるわけ？」

「あれにとって都合のいいように、この惑星は整地されるだろうね」

「それって、地球の神々以外のみんなにとって悪いことなわけ？」地球の神に対する不信感を込めて尋ねた。今までから、ずいぶん理不尽に振り回されている気がするのだ。地球の神もまた、人間の味方ではない。好き放題に利用されている。巻き込まれている。後悔も反省も無いだろう。今後にわたって。

「君は一体、何を見ていたんだ」呆れたようにナイアルラトホテップは返した。「すでにルルイエ浮上の余波で、君の故郷は破壊されたじゃないか。さっきまで馬鹿みたいに眺めてた惨憺(さんたん)たる光景は何によってもたらされたと思うんだ。繰り返すけれども、人は蟻の巣の平穏を願いはしないだろう。物好き以外はね。地球の神には物好きも多少は居る。クトゥルフは物好きじゃない。これは確かだ。探究心も愛護の心も無い。飢餓と支配と増殖の欲求の塊だ。存在のスケールの差は人と蟻をはるかにしのぐ。やつの咆哮が人に有害だという話もしただろう。物忘れが激しいのか、君は？　若いのにしっかりしろよ。同じ話を何度も繰り返させないでくれ。やつは地球の神々にとっては領土(テリトリー)争いの敵手だが、人にとっては脅威以外の何者でもない」

「あんたにとっては？」

「邪魔だね」言下に切り捨てた。

「君にはわからない話だろうがね。星々の奏(かな)でる音色を調律するのが私の仕事だ。少しばかり子守唄を聴かせてやらねばならない相手がいるのでね。クトゥルフが一つ惑星を自分好みに改造するごとに、宇宙の音律が狂ってしまう。アザトースが目を醒(さ)ます」

アザトース……、「あんたの養父？」夢うつつに聞いた会話を思い出した。

「人の思い浮かべるような関係ではないよ」と、ナイアルラトホテップの声音は冷えた。「物心つかない頃に葦舟に乗せられ――ああ、宇宙船(スペースシップ)のようなものだよ。地球から天の河(ミルキーウェイ)に流されて宇宙をあまねく漂泊し、たどり着いた先がアザトースの腕の中だった。そこで私は私としての意識に目覚めたのさ。皮肉な話さ！　骨無し正体無しだった私が、脳無しに触れて正体を得るとは！　マイナス掛けるマイナスは実際、プラスになるんだな！　それはそれとして、養父としての情など無いと思うね。情どころか、アザトースにはそもそも知能が無い。思考することなく愚痴と悪罵を吐き散らすだけの穢れの王。だが、私の力の源でもある。クトゥルフが〈偉大なる古き神々〉から力を得ているように、だ。無能なりに欲望はあるから、私が自由に動き回るためには起きていられると色々困るのさ。都合のいい燃料袋でいてくれないと――いや、束縛はされたくなくてね。そんなわけで現時点ではお寝み願っている」

「ヨグ＝ソトース」という名前も出てきたような、「……は？」

「ちょっとした知り合いだがね。『神の子』計画にご執心なトンチキさ。地球に根を張った『その名を口にすべからざる神』の成功例がうらやましくてならないらしい。困った御仁さ。今のところ試みが成功したためしは無……、いや、ダンウィッチの件は……、いや、あれも失敗か。ともかく、宇宙の覇を競う神々の一柱ではあるが今回は関わってこない。ポテンシャルは高いが、ケチでね。彼にとってもクトゥルフは邪魔なはずだけど、自分じゃあ動かず、地球の神々にケリをつけさせたいらしい。で、これも無視してかまわない。目下のところは」

「あんたは？」

「私なら、先ほど一仕事終えただろ？」

「あれだけ？」何かの神の依童らしい少女の腕輪を切っただけだ。

「もっとできることは無いわけ？　アザトースとかいうのから好きなだけ力を引き出せるんだろ？　依童とかも要らない。自由に動けるんだろ？　あんたはクトゥルフと戦わないのか？」

「高見の見物をきめこませてもらうよ」

「どうして？　邪魔だって言ったろ？　クトゥルフのこと。なんで何もしないんだよ」

ちっ、と舌打ちの音が聞こえた。

これまで、喜怒哀楽のすべてにおいて芝居がかっていたナイアルラトホテップの表情から何かが消えた。

「許せないのさ」鼓膜を震わせた一言はひどく冷たく響いた。続く言葉は元の皮肉な明るさを取り戻していた。「地球の神々の怠慢がね」

横目に見る日焼けした顔はニッと白い歯を見せている。きれいな歯並びだ。

「そんなことより」と、指さした。「我らが女神の姿をご覧よ」

「どこ……?」見えずまごつく唯人に、「ああ、人間の視力の貧弱さはしょうがないな。視覚を共有させてあげよう」襟首を掴んで見せた。

船にたとえれば舳先の突端にあたる箇所、大学の駐車場だった片隅に、彼女は立っていた。

周囲には、異変の前には車だったり自転車だったりしたのだろうスクラップが点々と転がっている。火は出たのだろうか、消えたのだろうか、薄く煙がたなびいている。

その只中に、なにものにも傷つけられぬ少女の姿があった。全身は伸びに伸びた黒髪に覆われて、裸足の踝より先以外は人とも見えない。渦巻く髪の隙間から時折、小さな両手が突き出される。前に、何か彼女の前進を阻むものが在るようだ。柵以外で。

「何をしてるんだろう?」

「前に進もうとしている」襟首を掴んだままナイアルラトホテップ。「彼女は依童と強く結び付けられている。特別な術でね。そして依童は、この船に強く結び付けられている。これもまた強力な術でね」

「船……」さっきもナイアルラトホテップは言った。彼の大学を船だと。

「天鳥舟。人の霊力を揚力として用い、黄泉津大神の意思を推力としている」

「人の霊力?」

「そうだよ。この船の乗組員が全て神に憑かれた依童だと思うかい? 違うよ。普通の人間も数多く乗せている。活きのいいやつを選んでね。地に在った時には、船の目的を隠すために。今は燃料だ」

「それって、人の生命を消耗することになるんじゃ……」

「そうだね。長引くと衰弱死する者も出るだろう」背筋の凍ることを、人でないものは人でなしらしく、さらりと告げた。

「ああ、もちろん」と、ナイアルラトホテップは言い置いた。「酒木千羽矢からは吸い取らせていないよ」約束だからね、と。

「一人分程度減ったからといって、さして影響も無いさ。と言っても、船そのものが墜ちてしまっては私とて打つ手が無い。神々の依童の耐久力もいつまでもはもたないはずだ。ルルイエの奥津城までは全速力の旅だな。彼も急いでいる。ほら」襟首を掴んだ手の向きを変え、舳先の、そのはるか先に視線を向けさせた。

(三)

人が宙を飛んでいた。疾駆していた。

人の姿と見えた。恐ろしいほどのスピードで風を切っているはずなのに、形を保ち続けている、傷も付かないところを見ると、あれも神なのだろう。白髪のくせに、老成しているくせに妙に若々しくもある。精力的でもあり、威厳もある、ある種の美的均整を具えた顔だ。写真で、唯人は見たことがあった。

郷改大の理事長を名乗っていた男だ。

「伊奘諾尊（いざなぎのみこと）だ」と、ナイアルラトホテップ。

背後に郷改大だったもの、天鳥舟を従えている。違う、天鳥舟から逃げているのだ。一定の距離をおいて。

よく見れば、天鳥舟の舳先からは幾筋もの黒い糸が伊奘諾尊に向かってうねくり、彼を捕らえようとしていた。平坂成実、あるいは伊弉冉尊、またの名を黄泉津大神という女神の長く伸びた黒髪だった。

黒髪は伊奘諾尊を求めてさらにさらに長く、さらに幾束も伸びていく。天鳥舟の飛翔も速度を増す。その髪の届く寸前、届かぬ絶妙の距離を、伊奘諾尊は飛んでいるのだった。顔には決意と焦りの色があった。

「素晴らしいスピードだな！」はははは、とナイアルラトホテップは高らかに哄笑した。「黄泉比良坂を駆け登った時を上回る逃げっぷりじゃないか。逃げろ逃げろ！　ここには魔除けの桃の実も千引（ちびき）の岩も無いぞ！　黄泉津大神に捕らわれたら、この企みもゲームオーバーだ！」

「あんたって」思わず、唯人。

「ん？　何だい？」

「伊奘諾尊が嫌いなんだ？」確か、ナイアルラトホテップは水蛭子（ひるこ）神とも呼ばれていた。地球の神の名だ。日本の神の名だ。伊弉冉尊のことは「母上」と呼んでいた。では伊奘諾尊は父ではないのか。先ほどの「許せない」とは、誰に対して、何に対しての言葉だったのか。

「妙な勘繰りはよしたまえ」

自分は好きなだけ勘繰るくせに、と不満を抱きつつ、ナイアルラトホテップの声に不機嫌の響きを聞き取り、唯人は話を転じた。

「……彼女は……」

「彼女？」

「伊弉冉尊。どうして彼女は呼び出されたわけ？　見たところ伊奘諾尊を攻撃している。天鳥舟の推力だっていうけど、なんか……、到底、味方には思えない」

捕まればゲームオーバーだ、とか。神々にとっても脅威じゃないか。

「ああ、なるほど」機嫌を直したらしいナイアルラトホテップは、「いいところに気がついたね」と言った。

「君は御霊信仰は知っているかね？」

「ごりょう？」

「知らないのか。氷上くんから教わらなかったのかい。彼は本場から来たんだがね」馬鹿にしたような口ぶりで、「京都には、その名も御霊神社という神社がある。……あった、というべきか。祀られていたのは怨霊だよ。生きていた頃は早良親王と呼ばれていたか」

話の流れが掴めないが、「どうして怨霊が神社に？」

「祟ったからだよ、盛大に。飢饉に疫病、天災。造営中だった京をぶっ潰す勢いで暴れまくった」

「京都は千何百年かの都じゃないか」

「その前に長岡京というのがあって、これが潰れたんだよ。祟りのせいでね。それで鎮めるために神として祀った。無実の罪を着せられ憤死したとの話だが、人も甚だしい怨念を抱いて死ぬと神の力を得る。祟る力だがね。これを御霊と呼ぶんだよ。ところで、最も古い御霊が誰だか知ってるかね」

知らない。

仕草でそう応えると、ナイアルラトホテップは、実に嬉しそうな、得意げな、意地の悪い笑みを浮かべた。

「知らない。そう、君は知らないだろう。恥じることはない。有史来、人類でこれに気づいた者は稀だろうからな！　地球史上、最初の御霊こそ、伊弉冉尊、黄泉津大神だよ！」

「どうして伊弉冉尊が……」

「無知な君でも千引の岩の逸話は知っているだろう。黄泉比良坂のすぐそばに起居していたんだからな」

曰く、地球の生命がまだ〈死〉というものを知らなかった神代の初め、伊弉冉尊は伊弉諾尊と契って数多の神々を産んだ。最後に火の神を産み落とした時、産道を赤子の炎に焼かれて重い火傷を負った。火傷はついに治らず、伊弉冉尊はそのまま地球の最初の死者として黄泉に下った。

　妻の死に憤った伊弉諾尊は、彼女の死の原因となった息子、火の神を斬り殺し、妻を連れ戻そうと生きながら黄泉の国へ下った。しかし夫の呼びかけに対し、伊弉冉尊は姿を現さず声のみで答えた。黄泉の食べ物を口にしてしまったために戻ることはかなわぬ、と。

　なおも懇願する伊弉諾尊の言葉にほだされて、ならばどうにか戻れるよう、みなにはからってもらおう。支度が整うまではけして覗かず、待っていてください。と言い置き、女神の声は途絶えた。

　永く永く待たされ、あまりの永さにしびれを切らして奥を覗き見た伊弉諾尊は、変わり果てた、醜く腐り果てた伊弉冉尊の姿を目のあたりにした。驚き恐れて黄泉の入り口へと駆け戻った。

　約束が破られ、また、己の醜い姿を見られ羞じ入り憤った伊弉冉尊は、まず黄泉醜女に後を追わせた。黄泉醜女らが退けられるや自ら裏切り者の夫を追った。黄泉比良坂で追いつこうというところで、伊弉諾尊は千柱の神の力を以てしなければ引けぬという巨岩で路をふさぎ、これを阻んだ。この岩を千引の岩という。岩の向こうで伊弉冉尊は憤怒に身悶えた。夫の裏切りを責め、呪った。

【その石(いわ)を中に置きて、各々対(むか)ひ立ちて、事戸(ことど)を渡す時、伊弉冉尊言ひしく、『愛(うつく)しき我が汝夫(あなせ)の命(みこと)、かく為(せ)ば、汝(いまし)の国の人草、一日(ひとひ)に千頭(ちかしらくび)絞り殺さむ』】

「黄泉の呪言。これが発せられるまでは寿命というものを持たなかった、不死(イモータル)の者であった全人類が、以後、定命(モータル)の者となってしまった。大いなる祟りじゃないか！　神代の昔、彼女は苦しみぬいて死んだ。そればかりか、黄泉下ったのちに夫に裏切られ捨てられた。その怨念によって、最古最大の御霊となったんだよ！」

「その御霊をどうして呼び覚ましたんだよ」

「わからないかね！」鈍いね君は！　と、「人でさえ、怨みを抱いて死ねば神となる。生前から神であった者が怨みを抱いて御霊となれば、神にも優(まさ)る大御神(おおみかみ)となる！　伊弉冉尊は元より大いなる母神であった。それが転じて大御霊、死を統べる黄泉津大神となった。神といえども殺されれば黄泉に下る。彼女の足元にひざまずく。地球上に彼女に勝てる神はいない。だからこそ企図された。この計画の眼目は、死の女神をして大クトゥルフを斃(たお)さしめること！　永久(とこしえ)に葬ることにあるんだよ！　伊弉冉尊は天鳥舟の推力にして最終兵器さ！」

「伊奘諾尊は……」

「クトゥルフのもとに彼女を導くための生き餌(え)だ。よく頑張っているね、かつて妻から逃げた臆病者にしては。逃げていることに変わりはないけれど」ははは、と嘲笑。

「もっと安全な策は……」

「もっと安易な策も試みられたけどね！　阻止(そし)されたよ。さっきも言ったろ、この場所で神が神に祈った、と。実に滑稽(こっけい)、おおっと！」

足元が、天鳥舟が揺らいだ。

第八章　深きものの父母

（一）

水柱が立った。

先導する神、伊奘諾尊は間一髪、それを避けた。天鳥舟の舳先も合わせて旋回する。船が揺らごうが突端に立つ姿はよろめきもしない。水柱が砕けて雨と降り注いだ。八重の結界に弾かれ流れ、船の外周に幾重もの虹を架けた。水しぶきと虹に飾られて、巨大な異形が立ち上がった。

人に似ていた。海上に現れた上体は人に似ていた。人のように頭部があり、きわめて短く太いながら首があり肩があり、両腕を具えていた。五指を具えた手もあった。皮膚は、一枚一枚が磨き抜かれた鉄板にも似た鱗におおわれていた。

色は、背面は暗く、黒から青みがかったグラデーションを経て腹から喉、唇の下までは生白い。広げられた掌、手首、肘の内側も白かった。鎧われていることに変わりはない。

広げた五指の間には分厚い膜が張られており、自ら水棲のものであることを示していた。手は大きく、腕は太く、人ならば胸筋にあたる部分も、肩も隆々と盛り上がり、力がみなぎっていることが一目で見てとれる。首の後ろから背中にかけても大きくごつごつと隆起しているようだった。背びれらしきものがかいま見えた。

耐え難いのは頭部の形状であり、頭部と胴をつなぐ首だ。

人の頭を圧し潰したような頭部に額は無く顎も無く、天鳥舟をも一口で呑みそうな大口を縁取る分厚い唇からは、深海魚のような鋭く長い牙が不規則にはみ出していた。巨体にふさわしい巨大な眼球は、唇の上に二つ並んで突き出している。眼球の間には二つの洞穴。閉じていたものがくぱっと開いた。水棲のモノのくせに肺呼吸するための鼻孔（びこう）を具えているようだ。まるで蛙と人をかけ合わせたような顔貌（がんぼう）だ。

短く太い首には深い切れ込みが入っており、現れた時から規則的に開閉を繰り返している。開いて閉じるたびにブワッと海水が噴き出す。鰓（えら）だ。水中と陸上の両方で活動が可能なのだ、こいつは。

海に奇怪な姿をした生物は多い。殊に深海の生物は想像を絶するような形をしている。しかし、それらを超えて嫌悪感をもよおすのは、なまじよく知る姿に似通い、陸上の生物を思わせ、人にすら似て、且（か）つ、異なるからだ。人が歪められたかのような姿だからだ。人という存在への冒涜（ぼうとく）だからだ。

「ダゴン」と、ナイアルラトホテップが呟いた。このモノの名なのかもしれない。

「やはり来たか深海のもの、クトゥルフの眷属（けんぞく）よ」

（二）

巨怪が現れたとほぼ同時に海中からせり上がってきたものがあった。速度が異なるために水柱は立たない。ただ海を割り、ナイアガラの滝さながらに海水を落下させ屹立していく。

それは林立する、数え切れぬオベリスクにも似たものだった。

あくまで、似たものであって、そのものではない。まず、尋常な太さ、高さではない。巨怪ですらちっぽけに見えるほどに巨大な柱群であり、巨岩、奇怪な山とすら思える。何より特徴的なのは、構成するすべての線、すべての面が狂っており、天鳥舟が通過する間にも刻々と相を変えつつある点だった。眺める角度が移り変わるためだけではない。そのものが常に変化し続け、安定や停滞などという現象を知らぬらしい。幾何学的な調和というものを知らぬらしい。

瀑布さながらの海水に洗われた後の岩肌は——それを岩と呼んでよいものならば——青黒くぬめる穢れにおおわれ、海藻をまとわりつかせ、揺らぎ続ける形にもかかわらず、穢れに侵されているにもかかわらず、取り巻く数多のレリーフが見てとれた。レリーフの一部は、ともに出現した巨怪の姿を映しとり、他にも何やら海棲の生物を思わせるもの、触手めいたもの、睨みつける巨大な眼球、嘴、鉤爪、鱗におおわれた脚のようなものを浮き出させていた。

奇怪な巨大なオベリスクの合間を縫い天鳥舟はすべるように飛翔した。巨怪も追ってくる。バシャバシャと高く水しぶきをあげ。背びれは海面を切ってはいるが、後に続く尾びれらしき影も見えるが、上体を大きく起こし腕を振り上げて追いすがるさまは、海底に足をつけて駆けているようだ。いかに巨大とはいえ、太平洋にこれの足がつく浅瀬など無かったはずが。

明確な敵意と悪意を込めて、鱗におおわれた腕が振り上げられ振り下ろされた。先導する男神がこれをかわす。つられて天鳥舟も踊る。水を掻く手が宙を掻いて大風を巻き起こした。唯人は襟首を掴まれたまま吐きもどした。ナイアルラトホテップは、どこから出したのか純白のハンカチで、吐瀉物に汚れた唯人の口元を拭った。

「しっかりしたまえ。こんなものはまだ前哨戦だよ」

何を見ようが聞こうが正気を保っていられるよう守ってくれると約束した神だが、この状況下で正気を保つのは、どうやらかなりの苦行のようだ。失神も許してはくれないらしい。

すでに明けていた空が、陽が翳った。艫の方から。見上げた頭上に巨大な口腔の内側を唯人は見た。黒い鱗におおわれた巨怪の上顎の中も青黒くどす黒かった。黒い血が流れているのだろう血管が縦横に走っている。ねじくれた針のような牙が、鋭さにおいては針に似て大きさにおいてはたとえようもない牙が、彼らの頭上をおおう上顎を縁取る牙の列が、純然たる殺意を滴らせ、下ろされようとしていた。

八重の結界。ナイアルラトホテップは言っていた。この船は護られていると。だが風雨ならぬ、異形の悪意の前に、結界にどれほどの力があるだろうか。また、牙を通さなかったとして、呑み込まれたら、悪意の体内においてどのように遇されるだろうか。闇の底に墜ちてゆくのか、闇に消化されるのか。

「目を閉じるな」ナイアルラトホテップの声がした。

艫からおおいかぶさってきた暗黒とは別の漆黒が、舳先からほとばしるのが見えた。一筋一筋は細い糸からなる漆黒の束は、縒り合わさり幾本もの巨大な錐となって暗黒の顎に突き刺さった。おそらくは、天鳥舟を呑み込もうとしていた下方も。下顎も舌も。

轟音の圧によって天鳥舟は陽光の下に押し出された。あるいは、暗黒の翳が後退した。巨怪は分厚い唇の間から青黒い液体を噴き出し身悶えていた。鋭い爪を持つ両の手で己の顔を掻きむしり、五指の間に張られた水かきを己の体液で汚していた。先ほどと同じ轟音が唇から発せられた。異形の口が吠えていたのだ。

「神の恋路を邪魔して無事でいられると思うな、バカめ」ナイアルラトホテップは楽しそうだ。

「きさまらは黄泉の呪言の埒外に居るとはいえ、〈死〉に触れた細胞は死ぬ。腐れる。当分は飲み食いもできまい。ざまをみろ！」

ナイアルラトホテップの挑発が聞こえたわけではないだろうが、巨怪は苦悶から身を起こした。追いすがってくる。

バシャバシャと海面を分けるたくましい脚が見えた。潮は引きつつあった。

そうではない。海を押し分け新たな大地が隆起しつつあるのだ。巨怪の足元で逃げ場を求めて魚たちも跳ね暴れる。鯨の群れが弾き跳ばされる。急激な水圧の変化に適応できずに膨れ上がった内臓を吐いて深海魚が次々と浮かび上がる。

他にも泳ぐ姿が多数あった。巨怪に比べれば豆粒のような……、人と同じくらいの大きさの、巨怪の姿を縮小したかのような、人と蛙と魚をつき混ぜたかのような姿。巨怪に加勢しようとしている。群れをなし奇怪な組体操で小山とも山ともなろうと試み天鳥舟に手を差し伸べる。沈んでゆく。何かに引きずりこまれてゆく。絡みつく髪らしきものがあった。黄泉津大神のものではない。絡みつく腕があった。肉は腐れただれ白い骨がむき出しとなっている。死者の腕だ。こちらもまた無数。

巨怪の卑小な模倣者どもは見る間に水面の下に引き込まれ、死者に引き裂かれ喰らい尽くされていった。泡立つしぶきの合間は赤く染まった。

「黄泉醜女か。追いついたな」と、ナイアルラトホテップ。

「死者は一夜に千里を駆けるというが、はるかに上回った。さすがの忠誠心よ。見事な新記録だ。過去数千年、海で死んだ者たちも混ざっている。今回の異変で死んだ者もな。クトゥルフめ、ルルイエ浮上のついでに大量に人を死なしめ、復活のための生贄に、と目論んだのだろうが、こちらに黄泉津大神、死の女神がおわすかぎりは死者はすべて黄泉の軍勢に加わる。死はきさまの力にはならんぞ」

背に尾に脚に喰らいつく黄泉醜女と死者の群れを振り払い、驚くべき強靭さで巨怪は再び天鳥舟に追いすがった。絶対的な破壊の意思を込めた巨腕を振り上げた。その時、突き出た両眼の間に点のような何かが下りた。点に等しい何者かに圧されたかのように、巨怪の頭部はガクンと落ちた。

「大黒先生！」ナイアルラトホテップと視覚を共有させられた唯人は、巨怪の頭部に立つ姿をはっきりと目撃した。

足下の怪異に対して、あまりにも小さい。にもかかわらず威風堂々とした立ち姿。威圧感では負けてはいない。福々しい温顔だった丸い頬は額は憤怒に歪み黒く染まっている。

唯人が大黒泰造として知る男は肥満体を揺さぶり、短い脚も高々と上げ、踏み降ろし、手振りも交え、激しいステップで舞い踊っていた。一挙手一投足、荒々しくも洗練されぬかれた華麗にして荘厳とも見える舞いだ。

大黒が一つステップを踏むたびに巨怪は苦悶にのたうった。苦悶に波打つ体表の足場の悪さをものともせず大黒の憤怒の舞踏は続く。

巨怪の隆々とたくましい体躯がねじれ、裂け、崩れようとしていた。砕けぬはずの鱗がパラパラと砕け剥がれ落ちた。出現時とは逆方向の、落下による水柱が無数に立っては砕ける。よろめく巨体が間近のオベリスクに激突し、これもまた破壊した。大黒の舞いは止まらない。

「大いなる黒の相だな」ナイアルラトホテップが口を挿む。

「マハーカーラ？」

「地球の神、シヴァ神の相の一つ。大いなる破壊の相だ」

「大黒先生にはシヴァ神が憑いてた？」

「大国主大神でもある。ある時は悪縁を絶ち良縁を結び、福徳豊穣をもたらし、ある時は世界に破壊をもたらす。神は数多の名と相を持つのだよ。私も同じく、ナイアルラトホテップは数ある名と相の一つにすぎない」

そういえば——。

「確か、火之迦具土も」複数の名で呼ばれていた、ナイアルラトホテップに。

「ああ……、彼は……」

「堕天使の名でも呼んでた、あんたは」

そんなことまで覚えていたのか、と、ナイアルラトホテップは頭を掻いた。

「あいつは間の悪いやつでね。やることなすこと裏目に出るんだ。あれでなかなか慈悲深いところがあって、かよわい人類を憐れんで火と知恵を与えた。報い(むく)が永劫の獄と責め苦さ。生まれ方が気にくわんと、首をはねられたりもした。同情にたえないよ」

「ルキフェルは誘惑者のはずで……」

「うんうん、上の都合だね」

「知恵の実だけでなくて……」

「名が売れると、便乗する騙り(かた)も現れるものでね。踊り手がよく集るのさ。踊るのさ。彼への信望は厚いからね、愚者の」いかにも騙りそうなやつが、しれっと言う。

「それにしても」と、話題を逸らした。「ダゴンごときに大いなる黒(マハーカーラ)を使うとは気前のいい。世界を破壊し得る力を……。もっとも、あの依童では十全に発揮することもできないか」

大いなる黒（マハーカーラ）もダゴンも、飛翔する船のはるか後方に取り残され消えていった。

（三）

海面は姿を消した。この地をおおっていた大いなる潮（うしお）は去った。ダゴンの小さな模倣者たちは海に適応したのが仇（あだ）となったか、隆起した大地の上で不器用に這いずっている。たちまちに、黄泉醜女と死者の軍勢に捕らわれ血祭りにあげられている。数ではもはや、黄泉の軍勢が勝っていた。浮上したルルイエの大地は死者の群れに蹂躙（じゅうりん）されていた。

刻々と形を変容させ続ける幾何学法則を無視したオベリスクの土台の合間、いつ沈んだものか朽ちて竜骨のみとなった船舶の残骸が点々と転がっている。逃げそびれた魚たちもまた死を待ち、陸上で虚しく口と鰓とを開閉させている。深海を這う虫も、甲殻類も、軟体動物も、なすすべも無く、干からびる時を待っている。

ルルイエ浮上は環太平洋沿岸だけでなく、ルルイエの上にもあまねく死をもたらした。もはや死ぬことのない死者たちだけが生き生きと汚穢（おわい）の地を駆けた。死を待つものたちを踏み潰した。速やかな死を授（さず）けた。

林立するオベリスクの向こう、巨大な山脈を思わせる影が近づいてきた。いつ、どのような地殻変動が創りあげた山脈だろうか。いや、自然によってなる山脈ではない。オベリスクと同じく刻々と揺らめき形を変え続けている。穢れた地の穢れによって成る建造物だ。ひたすらに巨大な。そびえ立つ頂（いただき）は目視不可能なほどに高い。

「館だ」表情に似合わぬ陰々とした声音で、「夢見る者の館」と、ナイアルラトホテップは唱えた。

「やつのための館だ。偽りの死の眠りに夢見るやつのための。ああ……。ずいぶんと近くなった。いや」

まだ、門番が居る。と、告げた。

（四）

再び天鳥舟が踊った。先導する男神が身をひるがえしたからだ。

攻撃は、それを放った者の姿が見える前に届いた。目にも止まらぬ速度で飛来したそれは大地に鋭く深く穴をうがった。立て続けてに九つ。

弾丸、もしくはそれに類したもの、と想起した唯人の思考を読んだか、「違うよ」と、隣の声が否定した。

「爆発はしなかったろ？」

そのとおりだ。だが、うがたれた穴からはジュウジュウと焼け焦げる響きがする。濁った紫の煙がたちのぼる。

穴は溶け広がっていく。未だ地を這うダゴンの模倣者らは煙に触れるや息絶えた。

死者は臆さず進撃を続けたが、それぞれに帯びた死の相は急激に進行していった。

死んで間もない面影を残す者の皮膚は変色し、皮膚の色の変わった者はそれが剥がれ、頭部の髪は剥がれゆく皮膚ごとバラバラと束になって落ち、眼球もこぼれ、鼻も唇も剥がれ落ちた。肉も腐れ液化し、したたり落ちてゆく。その時間もわずか。もはや骨と化した者は煙の色に染まり、もろくなった。一歩進むごとに地についた足は砕け、脛骨、大腿骨は折れ、脊柱は秩序を失い、崩れながらも進み、ついには骨片の山と化した。歩みを止めた。

死者をして完璧な死に至らしめる、「ヒドラの毒の唾だ」

毒の滴の矢はなおも降り続いた。ルルイエの大地に残り少ない生ける者は、たちまちに倒れ伏し、殲滅され、死せる黄泉の軍勢も、前線に骨片の山を数知れず築いた。

意気はくじかれていない。黄泉津大神への忠誠心は損なわれてはいない。前へと進む手段のみが奪われるのだ。

死者の軍列は、じりじりと前進しつつも朽ち、砕け散っていった。黄泉醜女とて例外ではなかった。陸上を疾駆する津波さながらだった彼らの足は、ついに鈍った。

天鳥舟だけが、船とその先導者だけが、毒の矢をかわしつつ、なおも速度落とさず飛翔する。陽はすでに高い。

「雑兵がだいぶと減った」ナイアルラトホテップも、さすがに苦々しげに、「敵も味方もおかまいなしかね、ヒドラは。まあ、蛙頭の戦力など、すでに無きも等しい状況ではあったが」

襟首を解放された唯人は、突っ伏して胃の内容物をすっかり吐き戻していた。目にした光景に加えて、彼の足をつく床面、天鳥舟のあまりにも曲芸めいた飛翔に身体がついていかなかったのだ。胃液まで全部吐いた後も消化器の痙攣は治まらない。鼻の穴まで酸っぱくて苦かった。

「先が思いやられるねぇ。君、ここの掃除は自分でしたまえよ」また襟首を掴み唯人を引き起こしたナイアルラトホテップは、こればかりは妙な甲斐甲斐しさで、胃液と胆汁にまみれた鼻と口を拭ってくれた。どこから出したのか、またも新しいハンカチだ。

「まだ……、前哨戦……？」

「中ボスくらいなところだ」ラスボスではないのか、と、げんなりきた。

「ヒドラだ、と言ったろ」クトゥルフではない。「深きものども、あの蛙頭どもの崇拝対象の一つだ。やつらの母神……、ああ、神と呼ぶのも癪に障るな！　階層が違うからね！　親玉と同じく！　要はそれ的なものだ。母性は無いようだがね！　そら！　もう目の前だ！」

突き出されるように手すり際に押し出されて「ひっ」と声が洩れた。眼前に迫ったモノと比べれば踏みつけてしまった自分の吐瀉物も気にならない。腿の付け根から、いやな熱が広がり、脚の内側を伝い下りた。

「粗相の始末は自分でしたまえよ」神のつれない言葉が聞こえた。

その間も眼前に迫り通り過ぎたものは、たとえるならば蛇。顎の付け根の横に大きく張り出した毒蛇の頭部だった。邪な黄金の眼の瞳は縦に裂けた暗黒の淵。くわっと限界まで開かれた口は、これもまた天鳥舟を一呑みにしそうに巨大な赤い深淵だ。そして、ひらめく先の二股に裂けた舌。一つの口に一枚ずつひらひらと。

上顎に長い二本の毒牙が見えた。尖端には毒液が珠と陽光に照り映えている。それが九対。一つの胴より生えた九つの首。体色はダゴンとは対照的に銀灰色に輝いていた。

九つのうねる首、九つの意思ある障害物の間を縫って男神は翔んだ。船も翔んだ。凶悪な障害の意思はなおも行く手を阻もうとのけ反り牙を剥いた。猛毒の唾を吐こうとした。

しなやかな銀灰色の首に、漆黒の死の意思が巻き付いた。神の黒髪が。

黄泉津大神は行く手を阻む者に容赦はしない。

九つの害意は九つの死と化し、永の年月積もりに積もったルルイエの汚穢の積層上に地響きをたてて落ちた。汚穢を飛び散らせた。まき散らした。

これで終わりかと思われた。

終わりではなかった。

首を喪った胴は信じがたい生命力で、のたうち方向を転じ、躍り上がって、ひとたびは逃した船を追った。のみならず、落とされた首の壊死した痕より新たな頭部が再生し、再び凶悪無比な牙を剥いた。落ちた頭部からは胴が再生し、不完全ながらも首を増やし、元のヒドラよりわずかに小さな雛形となった。敵の数が十倍となった。

「キリが無いな」とナイアルラトホテップ。「黄泉の呪言の埒外の輩はこれだから……。母上も、もっと無差別に呪ってくれればよかったものを」一途なところが魅力でもあるのだけれど、と、ぶつぶつと。

「天鳥舟はヒドラごときには墜とされん。黄泉津大神の力も無尽。だが、依童が……、こんなところでもたついている場合ではないというのに……」かすかな懸念の響きがあった。彼らしくもなく。

懸念の間もあらばこそ、死の女神の髪は再び邪魔者の首を切り落とした。のみならず。周囲に林立するオベリスクもかくやと思われる太さの胴をも輪切りにした。断面を腐らせた。

すべて瞬時の出来事だ。しかし、またも終わりにはならなかった。ヒドラの尽きせぬ生命力は、輪切りにされた尾の切り口から新たな胴を、胴からも九つの首を、輪切りにされたすべての肉片から再生させた。数十倍にも増した凶気が襲いかかってきた。

と、首の一つが何者かに弾きとばされたかのようにのけぞった。

「遅いよ」ナイアルラトホテップが言った。

神の仕業だ、と、ダゴンの上に舞った大黒を思い出し、唯人はそちらに目を向けた。よく見知った顔を見出し、うめいた。

「パット……」

「ヘラクレスだ」

陽気で人懐こいギリシャ人、パット・カシマティは別人となっていた。闘争心みなぎる猛々しい表情、元よりたくましい体躯は、神の力を宿してさらに力強く筋肉を誇示している。固く握られた拳、これでヒドラの首の一つを殴りとばしたのか。言うまでもなく、人間に可能な業ではない。

「ある意味、宿命の対決だな。ほほう……」

別の首に稲妻が突き刺さった。

いつの間に湧いたものか、陽光さえぎる雷雲が辺り一面をおおっている。突然すぎる天候の変化だ。

パット……、ヘラクレスの横に奇妙な武器を振りかざす人影があった。親しくはない。見覚えはある。新歓で大黒と談笑していた留学生だ。名は、アニク・ヴリトラハンだと、パットが教えてくれた。

「金剛杵だ。インドラか。天候を意のままにする神器もあるとは心強い」

次々と、ヒドラの首が小さな人影によって翻弄され、船から攻撃の矛先を強制的に変えられていった。

「ベーオウルフ、カドモス、シグルズ、神々だけでなく半神の英雄も駆り出したのか。おや、あれは……」

ナイアルラトホテップが目の上に手をかざし後方を見やった。

一筋の土煙が、取り残してきた、ヒドラの毒に足止めされている黄泉の軍勢の只中からヒドラめがけて突進してくる。

「なぁんだ！　結局、来たのか末っ子め！　大蛇退治に神代を思い起こしたか。依童は……、災禍に遭った遺体から適当に選ったか。そういえば、やつも根の国で楽隠居していたのだったな」

蓬髪と伸びに伸びた髭を振り乱した男が、ヒドラの太い尾に剣で斬りつけた。硬い鱗に弾かれそうな小さな刃がざくりと食い込む。

「天羽々斬剣。斬れ味は変わらんようだな」

異なる剣が白銀の鱗を裂き毒の血を噴き出させた。

「魔剣グラム」

また異なる刃がひらめく。

「名剣ナイリングも鍛え直されたか」

黒い槍が邪悪な眼に突き立てられた。

「カドモスの槍」

どれもみな、大きさからして針で刺すほどのダメージも与えられそうにないものを、明らかに尋常でない苦悶にヒドラをのたうたせていた。九つに九つを幾つも掛けた頭を振り乱させた。その顎の一つを昨日までパット・カシマティと名乗っていた男が殴り上げた。

「そして、ヘラクレスの無双の力だ」

勢いよく閉じた口の下顎に、たたむ暇もあらばこそ、ヒドラ自身の鋭い毒牙が突き抜けた。絶叫する残りの口は滅多矢鱈に毒の唾を吐き散らした。

黄泉の軍勢の足をも止めた猛毒の雨を男たちは軽やかにかわした。苦悶する何体もの巨体から飛びすさり、飛びつき、また傷を負わせた。

流れ出る猛毒の血は、とどまることなく身をひるがえし続ける英雄たちを害せずにいる一方で、ヒドラ自身の傷口をひどく焼けただれさせていた。血管の外の体組織は、毒に耐性を持たなかったようだ。無限の再生能力を持つとはいえ、痛手は大きい。

剣と槍を持つ男たちが得物を突き立て跳びすさるや即座にインドラが金剛杵を振りかざす。呼び集められた黒雲の内部を網の目に走り、陽光に代わってまたたく雷光が地を照らした。天をどよもす雷が、神の怒りの灼熱が、白熱の火柱が、インドラの意に従い、神剣、魔剣、名剣、名槍の上に落ちた。突き立てられた刃を通してヒドラの体内を深く、刃よりさらに深く鋭く貫き、不死の細胞を焼き尽くした。

「竜退治の英雄たちだ。首の数に対して人員が足りないが、さすが餅は餅屋。良い仕事ぶりを見せてくれる」ナイアルラトホテップは晴れ晴れと笑った。唯人の視界はにじんだ。

目のあたりにしたパットの変貌を思うと胸が苦しかった。

『呼ばれた』と言っていた。パットを呼んだのはこの戦場だったのか。

郷改大に来なければ、ギリシャに留まっていれば……、ギリシャは大西洋側だ。ルルイエ浮上のもたらした災禍からも、あるいは逃れられたかもしれないものを。

神に憑かれた後はどうなるのか？　永留は二度と戻れないと言っていた。パットは？　アニクという青年は？　この先もずっと、神が憑いたままなのか。神が離れれば死んでしまうのか……。

人であった頃、自分で飼っているわけでもないみすぼらしい老犬のために涙ぐんでくれた男の優しさを思い、今、涙ぐんでいるのは唯人だった。

第九章 ルルイエ戦役

(一)

黄泉の軍勢は追いついてきた。前進を阻む毒の雨が勢いを失くしたからだ。かいくぐって来たのだ。未だのたうつ、英雄たちに討たれつつある蛇体に群がるさまは、さながら瀕死(ひんし)の蚯蚓(みみず)に食らいつく凶暴な蟻だ。ナイアルラトホテップは、異怪と人を、人と蟻にたとえたが、この出けらは黙念と踏み潰されるのを待ちはしない。ただでは死なない。いや、すでに死んでいた。

凶悪な蟻さながらの黄泉の群れを先導する黄泉醜女の外見が一様ではないことに唯人は気づいた。

天鳥舟が郷改大の看板を掲(かか)げていた頃、大学として機能していた頃に受けた講義の一つで見せられたモノを思い出す。九相図(きゅうそうず)。九つの死の相。

生前は美女だったとされる人物がモデルになっていただけに絵師の凄絶なまでの執念、生や美への憎しみとでもいうものを感じさせる凄惨な絵図だった。

体内の腐敗がガスを生じさせ膨らんだ、張相。
体表が青黒く変色する、青お相。
腐敗した皮膚が破れ始める、壊相。
腐敗が進み破れ肉も骨も露わになり始めた、血塗相。
さらに腐敗が進み溶け始める、膿爛相。
蟲が涌き鳥獣に食い荒らされる、たん相。
一切の血肉がなくなり骨だけとなった、骨相。
骨格さえもが散乱する、散相。
そして、焼かれて灰となった、焼相。

ヒドラの毒の唾にはこれらの変化を促進する作用があった。毒の雨を免れ、船を守護するかのように率先して闘う黄泉醜女らは、それぞれにこれら九相図のうち第七相までをあらわしていた。

黄泉醜女は容貌醜く生まれ落ちたのではない。死の相を体現するからこそ醜女なのだ。

続く死者の群れには、黄泉醜女と同じ相を帯びた者もおれば、まだそこに至らない者も居る。新しい死者の多くは、ルルイエ浮上の災禍に巻き込まれた被災者なのだろう。致命傷だと思われる損壊を顕わにしながらも、残された部分に生の面影を残している。

死んで間もない死者の塊の中に、親しい面影を見た気がして、とっさに目を背けた。

気づまりな会話を交わしたのは半年も前。ほんの一時の別れだと思ったのは二ヶ月前。電話ごしに声を聞いたのは先月。それぞれの時にずっとずっと、似たりよったりな日常が続くのだと信じていた。倦怠の中で信じていた。こんな形で断ち切られるまでは。

（二）

ごぉん、と、どこかで重い響きがした。

ビュッと風の鋭く鳴る音がした。

地で闘い地を駆けていたはずの死者たちが唯人の視線の高さも越えて飛んだ。五体をバラバラに散らしながら飛んだ。巨大な吸盤めいたモノが目の前をよぎった。黒と青と緑と灰色と、ありとあらゆる汚れを混ぜ込んだような色の鞭に、何列にも並んで付いていた。ひくついていた。瞬時にそれだけのことが見えた。一度でなく見えた。繰り返し、繰り返し、太い鞭は視界をよぎった。またたきの合間に。

襟首をつかむ手に力がこもった。強い緊張を伝えるかのように。

「お目覚めか」呟かれた言葉は、おそらく誰に向けられたものでもない。

天鳥舟はまたしても宙空で舞っていた。進みながらも不規則に踊っていた。

ほぼきりもみといってよい状況の中でよろめきもしない神に襟首をつかまれ、唯人は三度（みたび）激しい吐き気を覚えたが、胃は中に何も無いと訴えるばかりだ。

風が激しく鳴っていた。船の周囲で絶え間なく、鞭が振り回されているかのように。

周囲で振り回されているのではない。船を狙う鞭を間一髪でかわしながら進んでいるのだ。

地を駆けていたはずの死者たちが、宙空に投げ出され飛び散っていなければ気づいただろう。空飛ぶ船が、きりもみにも似た狂った舞踏のさなかになければ気づいていたろう。ルルイエの大地は揺れていた。隆起のための揺動（ようどう）ではもはやない。何者かのもたらす衝撃によって揺れていた。規則正しく。

地を叩く重い響きは伝わってきた。宙を斬り裂く風の響きに混じって聞こえてきた。響きは近づきつつある？　船も響きに吸い寄せられるようだ。ちがった。黄泉の女神を先導する男神が、そちらを目指しているのだ。地に轟く響きも船を目指している。二者の距離は急速に縮まりつつあった。

「夢見る者が、夢見る館より出で来たのだ」ナイアルラトホテップは、今度ははっきりと唯人に向かって、「目撃することが君の役目だ。使命を果たしたまえ」促した。

（三）

並の人の目では、それと確かに見ることはできなかったろう。ナイアルラトホテップが『夢見る館』と呼んだ、刻々と変容してゆく山脈を思わせる建造物も、その最も高い頂は天にかすみ定かではなかったが、館の門を開き歩み出たと思われる『夢見る者』の体躯も恐ろしいほどに巨大。頭頂と思われる部位は雲を衝き、全容は定かではなかった。

あまりに巨大で見渡すこともままならぬ全貌を、ナイアルラトホテップの視覚が伝えてきた。すべての角度から眺めた姿を。

ルルイエの大地を踏みしめる。数歩の歩みに地を深く穿っただろう、二本の脚は、伝説の西洋竜、あるいは獣脚類の恐竜をも思わせる。隆々と筋を浮き立たせた脚囲は、館を囲むオベリスクをしのぐ太さ。地にめりこんだ爪の幅は一本でゆうに天鳥舟を五百隻並べたほどもある。天鳥舟自体が元は広大な敷地面積をほこる総合大学だったことを思えば、それだけで想像を絶する巨体だ。自重で潰れないのが不思議に思える。

いったい、どのような骨が、筋肉組織が、重力に抗ってこの巨体を支えているのか。館より歩んだ足跡だろうか、ぼこり、ぼこり、と規則正しく刻まれた深い窪みは、しかし、縁から幾何学的な規則正しさを拒絶し目まぐるしく揺らいでいた。歪みを湧きたたせていた。

爪を生やした脚をおおう鱗は、泥土から引き上げられた岩板さながらに硬さとぬめりを感じさせる。一枚一枚が、またはかりしれぬ大きさ。包み込んだ異怪の筋肉の、絶え間ない膨張と収縮に添うそれらは、強固な鎧でありながら柔軟性をも併せ持つようだ。

凶暴かつ、たくましい脚に支えられた身体に、尾は無い。全長に比して短い脚に支えられた上体は妙に人間めいて、肋を浮かせた胸部、おそらくは胸である部分を呼吸めいた動きで上下させている。鎖骨があり、肩があり、肩から伸びた上腕は、やはり竜めいているが後脚よりは細く器用そうな指を具えている。鉤爪は凶悪に長く湾曲し、鋭かった。捕らえ、引き裂く獲物を求める指であり、爪だ。

人ならば首のある箇所には巨大な二つの眼球。まぶたは無く、それぞれ二重の真円を描いている。虹彩にあたると思われる部分には何色ともいえぬ不可思議な光沢があった。瞳は底の無い暗黒だ。その上に漏斗状の器官が具わり、しきりにぶわりぶわりと風を吐き、また吸い込んでいる。こちらでも呼吸しているように見える。一見、頭部のように思われる眼の後ろの部分も、あるいは臓器を収めたもう一つの胴なのかもしれない。胴が二つあるのならば、肺も心臓も複数あるのだろう。呼吸器は、あるいは肺ではないのかもしれない。

二つ目の胴、ではないかと思われる部位には骨が無いらしく、だらしなく人体様の一つ目の胴の背にのしかかり垂れ下がっていた。人体様の背の肩甲骨にあたる部分に生えた、（全身に比すれば）小さな翼状の器官を圧し潰していた。

眼球の直上が極端に膨れあがっており、眼から離れて垂れ下がってゆくにしたがい先細りとなり、尖端(せんたん)両脇には二枚の巨大なひれがある。海中ならば、この二つ目の胴も浮力を得て、むしろ自在に泳ぎ回るのに役立ったのではないだろうか。その場合は、人体様の胴の方がお荷物となるだろう。

明らかに非合理的な構造の身体だ。陸棲(りくせい)のものと海棲のものの、生物としての合理性などまるで無視した強引な融合体と見えた。

あるいは、地球に降り立った後、惑星の環境に無理にも適応しようとした結果としての姿なのかもしれない。本来の己を失ったものの、ある種の痛々しさがあった。

にもかかわらず、戦慄(せんりつ)を覚えさせずにおかないのは、まぶたを持たぬ眼球に宿る、底知れぬ凶気だ。憎悪だ。害意だ。この生物は、現在の地球の有り様を憎んでいる。地球の生みだしたありとあらゆる生命を憎んでいる。

そして、眼を挟んで漏斗状器官の反対側、凶気を宿した両眼と人体様の胴の間からは無数の肉の鞭(むち)が生えているのだ。棘(とげ)を具えた吸盤を持つ。

肉の鞭は、人体様の両肩より生えた両椀よりもさらに長く伸び、自在に動く、この生物本来の腕かと思われた。地を駆ける死者の軍勢をなぎ払い、天鳥舟を翻弄していたのは、無数の肉の鞭だったのだ。

これが、『夢見る館』の主。

これが、『夢見る者』。

夢より覚醒めし者。

環太平洋を壊滅せしめた、ルルイエの支配者にして、〈偉大なる古き神々〉の大司祭。

「クトゥルフ」

（四）

船は、振り回される肉の鞭の合間を巧みにすり抜けながら上方を目指していた。先導する男神がクトゥルフの眼球の上、人にたとえるならば頭部に向かい上昇していたからだ。

遭遇時、右後脚を一歩踏み出し、上体を前傾させていた、つまりは船を迎え討つためにかがんでいたクトゥルフは、船の上昇に合わせて上体を起こしていった。目標とされる地点は目の前にありながら遠い。天鳥舟の上天を蓋する空は青く、青みを増し、濃く、藍へ、黒いほどへと色を変えていった。陽はまだ中天でぎらついている。なのに五月の星座が透けて見えるのだ。あまりにも高高度に達したためだ。それほどまでに身を起こしたクトゥルフの丈は高いのだ。いわんや、クトゥルフの揺り籠であった館のそびえる高さをや！

これほどに巨大な生物、建造物をこれまでおおい隠していた大洋の底知れぬ深さ、これほどの巨大なものの浮上の引き起こした変動の激しさに思いを馳せ、唯人は目もくらみそうになった。

「気絶はしないでくれよ」ナイアルラトホテップが、唯人の身体を支える襟首の手を揺さぶった。「見届けろと言ったろう。怠慢は許さんぞ」次いで、「君は幸運だぞ」と。

「この高度だ。天鳥舟を護る八重の結界が無ければ、高山病で命を落としかねない。あ、そうなれば黄泉の軍勢に加わることになるわけか。どちらが幸福か……、いや、生きているうちなら生きていたいだろう、やはり」それにね、と重ねて、「私に守られていて、本当にラッキーだ。感謝してくれたまえよ。こいつのずっと小さな雛形を目にしただけで、精神を砕かれた者も少なくはないのだ。信者以外。まあ、信者の精神など元から壊れているが」

正気を保ち続けることがいっそう苦痛となる光景が眼前に広げられた。

クトゥルフが口を開けたのだ。

それは、予想どおり、両眼の下にあった。予想どおり、縦横に風を切る肉の鞭の根本に埋もれ隠されていた。予想どおり。人ならば頭部にあたる第二の胴の、軟体の海洋生物を思わせる形状にふさわしい、凶悪な一対の海の嘴(くちばし)を具えた空洞だった。

強烈な圧、とだけ感じられた。

クトゥルフの開かれた口から何かが発せられたのだ。

「咆哮だ」ナイアルラトホテップが答えた。

咆哮というが、音声としては認識することはできなかった。ただ、耳がひどく痛み、頭の芯まで痺れる感覚があった。時の流れが一瞬、止められ、逆巻くような感覚があった。音は、クトゥルフの周囲から聞こえてきた。激しい崩壊音。

林立するオベリスクが一斉に折れ崩れた。

クトゥルフの背後にそびえる館までが容(かたち)を失った。

地球上の幾何学を無視した何ともしれぬ材質のものたちが、地球上の幾何学を無視し続けたまま、地球上の幾何学を無視した瓦礫の山と化した。

真に恐るべきは、物理的崩壊ではない。

天鳥舟が失速した。

と、同時に、船内から、甲板(かんぱん)の下から、元は地下であった空間から湧き上がる声が響いた。屋上までも聞こえてきた。状況に不似合いな高らかな歓声だ。

イア！　イア！　と叫んでいた。

クトゥルフを呼んでいた。

クトゥルフを讃える声が唱和した。

地球の神々が造った船の、地球の神々が八重に張り巡らせた結界の中から。地球の神々を冒涜する祈祷が湧き立ったのだ。

「やつの手管さ」ナイアルラトホテップはせせら笑った。「クトゥルフは何も与えない。収奪するだけだ。何も与えてくれない者をなぜ崇めるのか。どうやって信者を増やした？　利の無い祈祷になぜ彼らは熱狂し歓喜する？　答えはこれだ。やつの声は魂を穢すのだ。やつの声を囁きだけでも耳にすれば求めずにはいられなくなる。やつを！　咆哮にいたってをや！　この現象が船内に限られると思うか？　とんでもない！今頃、地球規模で暴動や狂乱のちまたとなっているはずさ！　太平洋側は、水没を免れた地域もまず壊滅だね！　大陸奥地や大西洋側でも影響皆無とはいくまい！　地球近縁に知的生命体が居たならば、そいつらも巻き添えを食ったろう！　そう、ユゴス星人とて、大クトゥルフ相手では抗いようもない！　シュブ＝ニグラスの加護を受けているとはいえ！」また意味のわからないことを言う。

「抗えば精神が崩壊する。神の加護が充分に無ければ。——君には私がついているから大丈夫だね。まったく、いくら感謝してもらっても足りないな」

そんなことより、「み……っ、みんなは、どう……っ……！」

「船内のことなら地球の神々がなんとかするさ。この程度は折り込み済みだろう。ほら、もう静かになった」

言葉のとおり、クトゥルフを賛美する詠唱はたちまち収束していった。目に見えぬ船内で地球の神々が、いったいどのような手段を用いたか、考えたくもない。彼らにも慈悲は無いのだ。彼らを敬わない者に対しては。

「酒木さんは……！」

「彼女なら、守ってあげると言ったろう。安心したまえ。船室の隅っこで気を失っているよ。怖い思いもさせていない。心地よい夢の中を旅行中さ」

(五)

空飛ぶ船の揚力（ようりょく）は回復しない。空の色は藍より青に戻り、水色へと移り変わってゆく。天蓋（てんがい）に透けて見えた星座は、陽光とたなびく雲に隠された。燃料が尽きたのか。燃料の源を思うと唯人はまた目のくらむ思いを味わった。

死の女神の執念だけが、翔ぶ力の元となった船に、肉の鞭が襲いかかった。当たった。八重の結界に護られた船体に直には傷はつけられなかったが、ガリガリッと何かが削りとられた。肉の鞭に並ぶ棘を具えた吸盤によって。

しゅるり、と、死の女神の黒髪が伸びる。船を害そうとした肉の鞭に絡みつきしゅるしゅると這い上がり絞めあげた。穢れた緑色をしていた肉の鞭は、さらにどす黒く変色し、黒髪の輪の中で融（と）け落ちた。死の女神の前進を妨害した罰が与えられたのだ。

クトゥルフに〈死〉への畏怖（いふ）などあろうはずもない。肉の鞭の襲撃は繰り返された。激しさを増した。

クトゥルフは、己への反撃に怒(いか)ったのだ。

死の女神もまた、クトゥルフの怒りなど意に介さなかった。妨害者は排除するのみ。肉の鞭は振るわれるたびに船の外周から何かを削り取り、そのたびに死の女神の髪に絡め取られ融けていった。

揚力を失い墜ちてゆく船を追い、クトゥルフは再び屈(かが)んでいった。眼の下から生えた肉の鞭だけでなく、人体を模したかのような肩から生えた両腕を伸べ、凶悪な鉤爪を具えた巨大な手で、手に比すれば豆粒のような船を捕らえようと試みた。叩き潰そうとした。阻止された。

女神の、船の全長をすら何千倍何万倍も超えて伸びた死の黒髪は、爪に巻きつき、指に巻きつき、手に巻きつき、腕に巻きつき、動きを封じるのみならず、尖端から死に至らしめ、腐らせ、融かしていった。

クトゥルフは再び咆哮した。

次に応じたのは信者たちの讃歌ではない。


――**邪魔を、するなぁぁぁぁぁぁっ！**――


神の怒りの大音声(だいおんじょう)が轟いた。

クトゥルフの咆哮を打ち消した。

依童である華奢な少女の細い喉から発せられるとは到底思えぬ地響きのような叫びだ。地響きをもたらす叫びだった。声帯から発せられた声ではなかったのかもしれない。

クトゥルフにとっては天鳥舟は初めはうるさい虻(あぶ)にも似た存在だったかもしれない。

黄泉津大神はあるいは、初め、クトゥルフを意思ある存在とは認識していなかったのかもしれない。木石(ぼくせき)のように道の途上に転がる無意思の障害物とみなしていたのかもしれない。

今や、黄泉の女神は明確に、クトゥルフを意思持ち己の行く手を阻む者と認識した。明確に、敵意の矛先を向けた。

はたして、地球の全生命への憎悪と、愛執ゆえの凶気のどちらがたち勝れるのか。

クトゥルフの地球の生命への憎悪はスケールにおいて圧倒的に勝る。女神の愛憎はあくまで個としてのもの。しかし、大いなる神なる存在をして一途に貫かせた愛執は、銀河をも穿つ純化された硬く鋭い切っ先となっていた。類まれなる規模と純度の凶気と凶気がここに激しくぶつかり合ったのだ。

結界内外で放たれた衝撃波に、天鳥舟を構成するすべてが震えた。「ああ、まずい！」と聞こえたのと、宇宙色のメタリックな繭に唯人が包まれたのは、ほぼ同時だった。

繭の外で、比較的近い船の外周で、目に見えぬ何かが弾け砕ける気配がした。世界が、宇宙が霊的激震にみまわれていた。

クトゥルフの肉の鞭が掃いた地上に、数多の死者の群れが、おびただしい死者が、新たに湧き出でた。死の女神の叫びが生みだした新たな死者だ。世界より招集された死の軍勢だ。死に触れて、もはや死ぬことのない彼らは、死の髪に絡まれ拘束された巨体に躍りかかった。融けつつある肉に齧りつき貪り食った。

続く、天鳥舟を襲った衝撃は、純粋に物理的なものだった。

残された肉の鞭が船体を貫いたのだ。

「酒木さん！」

「大丈夫、守っている」

宇宙の色の声が、この時ばかりは頼もしく響いた。

開かれる繭の隙間から、奔る炎の蛇が見えた。船体を貫いた肉の鞭を駆け上っていく。生えているその根本に向かって。凶気宿す眼球に向かって。足下に踏む肉を焼き焦がしながら。

「やはり先鋒は火之迦具土か」人の姿に戻って、ナイアルラトホテップ。

墜ちゆく天鳥舟を見捨てたか、それとも、この機をこそ待ち受けていたのか。炎の蛇と化し駆け上ってゆく火之迦具土に続き、次々と武器持つ神々が船からクトゥルフの巨体へと跳び移っていった。飛び立ち宙を舞いながら攻撃をしかける者もいる。

「天手力男神」ナイアルラトホテップが、目につく神々を数え上げた。

「建御雷神……。

建御名方神……。

天忍日命……。

天忍穂耳命……。

高日子根神……。

数多の神々が手に手に剣を槍を弓矢を、神威宿る武具を持ち現れた。神威顕すために現れた。あれらの武具は、どこから持ち出されたものか。天鳥舟が大学を偽装していた頃にかき集めたものか。

後方にて、ダゴン、ヒドラを片付け終えたとみえる神々、半神たちも追いついてきた。

男神たちに続いて常には武は司らぬ女神も多数。見知った教員の顔をした者、職員の顔をした者、学生の顔をした者。よく知らぬ顔もある。留学生に憑いているのは外つ国の神か。大きいとはいえ、この船のどこにこれほどの数の神々が潜んでいたのか。

白い鳥が視界をよぎった、と見えて、これも男神の一柱となった。

「おいおい、あいつが持っているのは三種の神器の一つじゃないか！」囃したてるようにナイアルラトホテップ。「元の持ち主とはいえ、現し世に遺したものをどうやって取り戻した。だいたい、あれは壇ノ浦に沈んだはずで……。今は同じことか。大八洲国はすべて水の底だ。壇ノ浦もどの浦もない」墜ちる船の上でお気楽なことこの上ない独り言だ。

船は、ルルイエの大地に激突——しなかった。湧き出した黄泉の軍勢が巨大な梯子を組み、受け止め、重みに圧し潰されながらも軟着陸させた。赤い、黄色い、白い、黒い、血膿腐汁の入り混じった絵具が一面を染めた。砕けた骨が飛び散った。重みに耐えながら潰れながらも残る血膿腐汁にまみれた軍勢は、女神の意思に従い前進した。

「おっ……」

唯人の襟首を掴む手がわずかに動いた。後ろに引こうとするかに。

目前に、融けかけの肉塊があった。死の黒髪の束縛を振り切り、彼らの居る屋上に向かい振るわれた肉の鞭が。

もう一つ、小さな影が視界をよぎった。間近に。肉の鞭に食らいつく影が。

弾かれたように遠ざかってゆく肉の鞭とともに視界から消えた。年老いて毛艶も無くした痩せた犬、に見えた……。

「愛されてるねぇ……」かけられた声には、らしくもない感嘆と優しさが、ほのかににじんでいるように感じられた。

死の女神の髪に絡まれ、死の軍勢に齧りつかれたクトゥルフは、地響きをたて、膝をついた。竜の脚、そして人体様の胴は表皮を融かされ異怪の肉を臓器を顕わにしていた。

強固な鎧であった鱗を失った肉に、死者たちがむしゃぶりついた。余さず食い尽くそうとしていた。顕わになった内臓に、神々の振るう刃が突き立てられた。邪悪なる両眼は神の炎に炙られた。雷神たちが武具をかざした。にわかにかき曇った空から稲妻が奔る。クトゥルフを目指して。交差する。突き刺さる。

岩をも噛み砕く嘴を、大きく開いた口は、今は咆えはしなかった。世界を歪める響きで苦痛を、苦悶を訴えていた。いったい誰が想像し得ただろう。絶対的な狂気と苦痛の王たるクトゥルフが、苦悶に狂うとは！

第十章　大いなる〈死〉

（一）

　漏斗状の肉の器官が止まず開閉するクトゥルフの頭頂部で、伊奘諾尊は自らも十束剣（とつかのつるぎ）を振るいながらも、憂いを払拭（ふっしょく）できずにいた。戦況は優勢に見える。が、ここまでしてもクトゥルフを完全に屠（ほふ）るには至っていない。

　神々の武器はクトゥルフの皮膚にも肉にも徹（とお）るが、全身に対して小さな傷にしかならない。大クトゥルフがあまりにも巨大すぎるためだ。そして、巨体にみなぎる生命力は想像を絶して強靭なものだった。一寸刻みに切り刻もうと試みるも、傷は開くはしからすぐにふさがってしまう。

　クトゥルフはもはや咆えはしないが苦悶の叫びもまた、響くごとに戦場に歪（ひず）みをもたらし、周辺から幾何学的な均整を奪ってゆく。天鳥舟も神々の武器も、神々を宿す肉体すらも、神の力でもって護られていなければ、崩れた眠りの館やオベリスクの群れに同じく永遠に変転を続ける奇怪な塊と化しただろう。今しも化そうとしている。異怪の力に抗いつつ戦っている。クトゥルフの肉に直に触れる刃は崩壊と再生を繰り返している。いまだ致命傷を与えられずにいるのはそのためもある。

多少なりとも頼りになるのは火之迦具土の灼熱の炎と、雷神たちの雷だろうか。しかし炎は、雷にともなう雨に湿らされて本領を発揮し得ていない。

揺るぎなく絶え間なくダメージを与え続けているのは死の女神、黄泉津大神である伊弉冉尊だが、クトゥルフは〈死〉そのものの力にも抗っていた。死の髪に絡まれ、〈死〉に触れ、触れた部分から死に、腐れながらも再生し続けている。〈死〉と、呪わしい生とのせめぎ合いだ。

また、地球の神々にとっての最大の戦力である〈死〉が、同時に彼らの戦闘の妨げともなっていた。髪の毛の先であろうと〈死〉に触れたなら神とても死に至る。妄執の虜(とりこ)である死の女神は、彼らの動向にも生死にも頓着などしていない。

神々は、荒れ狂う〈死〉の猛攻も避けながら戦わねばならないのだ。〈死〉に触れて耐えられるのは、過去に黄泉に下り依童まで死体となっている火之迦具土くらいのものだろう。

死の女神の妄執は、伊奘諾尊にとっては、より切実な問題でもあった。彼女は彼の存在を追い求めてこの戦場まで来たのだ。クトゥルフなど、女神にとっては障害物の一つにすぎない。彼を捕らえるための障害。彼女の夫を取り戻すための、だ！

伊弉冉尊にとって、ここはルルイエではない。黄泉比良坂の続きだ！

覚醒めの瞬間より伊奘諾尊を悩まし続けてきた女神の髪が、丈の余りに余るほどに長く伸びた黒髪が、今まさに彼の居場所を探っている。クトゥルフの体表を這いながら、クトゥルフを束縛しながらもまさぐっている。捕らえようとしている。足の先だけでも触れられてしまったら終わりだ！　彼女に捕らえられてしまったら！　彼を捕らえて女神は満足してしまうかもしれない。捕らえた彼を戦利品として引き連れ黄泉に戻ってしまうかもしれない。死にきれずにいるクトゥルフを打ち捨てて！

それをさせてはならない！

いま一つの問題として、依童の耐久力の限界が悩ましく立ちはだかっていた。

神の力はたやすくは尽きない。〈死〉の力はさらに無尽。なれど依童は生身。外傷の危険はもとより、神の力を限界まで発揮すれば細胞の内から損なわれ崩壊に至る恐れもあるのだ。

依童の身体が存在し得る限界を越え、神とのつながりを維持できなくなれば、不可抗力として撤退を余儀なくされる。今まさに、近づく限界をじりじりと伊奘諾尊は実感していた。

女神の依童はどうか。妄執にとり憑かれている女神は依童の限界など気にもかけていないだろう。怒れる現在は相当な負荷をかけているはずだ。この日のために選りに選った依童とはいえ！

先頭に立つ男神と女神、どちらが限界を迎えても戦線は維持できなくなる。ひとたび神の戦線が崩壊すれば、再生を妨げられなくなったクトゥルフは再びルルイエの大地に立ち上がるだろう。勝利の咆哮を、凱歌を、神界層にまで轟かせるだろう。クトゥルフを讃える合唱は、やがては地球のみならず太陽系全域にまで、星間までも埋め尽くすだろう。退いてはならぬ、引き分けもならぬ、完全に制圧する以外には、未来をつかむすべの無い戦だというのに。

時間が無い。時間が……。

眼下に小さく見える天鳥舟の上で、さらに小さい、女神の依童が揺らいだ。華奢な身体が今にも崩折れそうに見えた。

もはやここまでなのか……。

歯噛みした。

あれさえ手の内に有れば、と、あの夜以来何度も繰り返した無念を思った。あの賜物（たまもの）さえ手に入っておれば、このようなもどかしさに苛まれずに済んだものを。

――ならば、使うがいい、これを！――


言葉は音声ではなかった。

霊の波動ともいうべきものが響きわたったのだ。皮肉な色を帯びて。

同時に、宙空に巨大な物体が出現した。雷神の召（よ）んだ雲を吹き散らし一面の雨天を晴天に変え、刃に陽光を映してまばゆく輝く、クトゥルフの全長をも数倍もしのぐ、長い棒状の――、武具――、だ。

瞠目した。言葉の波動の源に、今の今まで見逃していた存在を見出し、伊奘諾尊は叫んだ。

「きさまか！　載大殿主（のおおでんす）の賜物を掠（かす）め盗（と）ったのは！」


水蛭子（ひるこ）神！


くるり一巻きにまとめられていた髪が風に巻き上げられ、乱れ、男の肩に背にこぼれ散るさまだけを、目にした。唯人に見て取れたのはそれだけだ。次の瞬間にはナイアルラトホテップは、何かを投擲（とうてき）したように右手を高く差し上げていた。

今は遠い先月、父から差し向けられた運転手として初めて対面した時、戎笑司と名乗った時、うなじの上にまとめられていたその髪に挿（さ）されていた簪（かんざし）は、古代の武具の形をしていた。今、ナイアルラトホテップの髪に簪は無く、まとめていた束縛は無く、巻かれていた名残（なごり）のうねりを残し黒い流れは気ままに肩に背に落ち、揺れている。風に遊んでいる。

では、彼は、髪に挿した簪を抜き取り、投げたのか。

このために『見晴らしのいい場所』を望んだのか。

あれが、それ、なのか？

あの、巨大な——。

天高く、頭上には突如現れた長大な影。古代の武具を思わせる——、あれは、矛だ！

「切り札は、いざという時まで隠しておくものさ」

きれいな歯並びを、陽光の下に白く輝かせナイアルラトホテップはにやりと笑った。

（二）

——天沼矛！——


伊奘諾尊は、クトゥルフの頭上よりさらに高く跳躍し、剣持たぬ側の手を伸ばした。

「始原の惑星の渾沌に秩序を打ち立てた神器の中の神器よ！　宇宙の創造主の賜物よ！　今一度我に力を！　惑星の秩序の回復を！」

はるか地上の死者の群れの海に浮かぶ天鳥舟より伸びた〈死〉の髪の束が先を越した。太く長い矛の柄に、しっかと絡みつき、振り下ろした。伊奘諾尊に矛の切っ先を向けて。

まさに間一髪！　伊奘諾尊は伊弉冉尊の殺意より逃れた。手にしていた十束剣も投げ出し飛びすさった。

他の神々も慌てて切っ先から逃れようとした。そのまま切っ先に裂かれた神、弾き跳ばされた神、誤って死の髪に触れ黄泉下った神も数千を数えた。標的を逃した天沼矛は打ち下ろす勢いのままにルルイエの大地に突き立てられた。クトゥルフの全身を串刺しにして。

異界層まで震わす苦吟（くぎん）の声を、絶叫を、クトゥルフが放った。

標的はこいつではない！

伊弉冉尊は二撃目のために矛を抜き取ろうとした。

「抜かせてはならん！」

伊奘諾尊が叫んだ。

クトゥルフを大地に縫いつけた大矛（おおぼこ）に、火之迦具土が駆け寄った。忌まわしい異怪の頭頂から突き出た柄に飛びついた。触れた手の下から炎が奔る。火の勢いを止める雨は止んでいる。宇宙の創造主も力を貸したか、這い寄る混沌が何か仕掛けたものか、火炎は尋常でない勢いで燃え盛り、たちまち天沼矛の柄の先から大地に突き立つ穂先までを駆け抜けた。大地から宇宙まで届く巨大な火柱と化した。串刺しにした巨体の全身をくまなく包みこんだ。

火勢はなおも盛んとなり、炎の中、苦吟の叫びは絶えず、いっそう高く、激しく辛苦を訴えた。

神器に貫かれている苦痛。

神の炎に全細胞を焼かれている苦痛。

焼き尽くされる苦痛。

クトゥルフの苦難の訴えは成層圏を突き抜け、冥王星までを震撼とさせ、やがてしゃがれ、かすれ、しぼみ、燃え尽きていった。声の主ごと。

あとには、真っ赤に灼けた矛の穂のみが地に深々と突き刺さっていた。なおも炎の舌に舐（な）められながら。

散り散りに飛んでいた神々が、次々と地に降り立った。焼ける矛の穂の炎を避けて遠巻きに。

クトゥルフの焼滅を確かめ、建御雷神が剣を掲げた。インドラ神が金剛杵を掲げた。日本武尊（やまとたけるのみこと）が天叢雲剣を掲げた。召（よ）び集められた黒雲から、雷鳴雷光混じりの豪雨が降り注いだ。地を打ち、焼け残った矛の茎（なかご）を打ち、刃を打ち、邪を焼き尽くした業火を鎮めた。

（三）

炎は、矛の柄に巻きついていた黒髪にも燃え移っていた。柄より地に落ち来（きた）った時、死者たちは身を投げ出し火を消し止めようとした。彼らの主君たる、死の女神を守るために。

火はみるみる彼らを焼き焦がしたが、上から上から身をなげうつ死者の列は途絶えなかった。死せる彼らはもはや苦痛も覚えない。悲鳴をあげることもない。無言で女神のために身を捧げ、火を吹き煙をあげ黒く焦げ、白い灰へと変わっていった。燃えながら、女主人のみは護ろうと、火の走る髪を、燃える手で歯で千切ろうと試みた。

数千数万の死者が、天鳥舟の舳先に立つ女神の前に積み重なり焚（た）き木と燃えた。彼らの努力は報われたのだろうか。雷と嵐の神が雨を召ぶまでの時間は稼がれたのだろうか。

驟雨（しゅうう）が天鳥舟の甲板を叩いた時、黄泉津大神の丈なす黒髪は、依童である少女の足元まであとわずかの長さとなっていた。伊奘諾尊とすれば、いっそ、彼女もろとも燃えてしまえば良いと考えていたかもしれない。

少女が視線をめぐらせた。

女神が男神を見出した。

障害となっていた巨怪は斃れた。燃え尽きて跡形もない。残るは地球の神々のみ。たとえ父なる神のためとて、誰が黄泉の女神の前に立ちはだかるだろう。

「愛しき我が夫の君」

少女が口を開いた。鈴の音の声で。

女神が言葉を発した。黄泉の響きで。

「我は現し世には戻れぬ。なれば夫の君、汝が我がもとにお越しあれ」

黄泉の女神しろしめす根の国へ――。

とっさの拒絶の所作か、伊奘諾尊は後ずさり、焼け残った天沼矛の後ろに隠れた。矛が盾となってくれるとでもいうように。

「愛しき我が夫の君……」

ふわり、少女の髪が動いた。自ら意思持つ黒い蛇のように、焼け焦げ縮れた束の尖端が鎌首をもたげた。

「此度こそは、我を拒むは許しませぬぞ」

しゅるしゅるとまた伸び始めた。愛する、愛ゆえに憎んでやまぬ男神を求めて。

地球の神々はこぞって退き、女神の髪に道を開けた。触れれば神とても死ぬのだ。神も〈死〉を恐れるのだ。

火之迦具土のみが留まった。焼け残った矛の穂先の近く、父なる伊奘諾尊の近くに。彼はすでに死んでいるのだ。〈死〉を恐れる必要も無い。

「殺せ！」命が飛んだ。神々の父、伊奘諾尊の命が。「その依童を殺し、黄泉の女神を黄泉の国へと送り返すのだ！」

火之迦具土は、足元に落ちていた剣を拾った。矛とともに焼かれ雨に打たれ、まだ熱を帯びた剣を。右手に柄を掴み、左手で刃をなぞった。長さを測るように。

剣の長さは十掴み。

「そうだ、その剣で……！」

依童を斬れ、という言葉を伊奘諾尊は口にすることができなかった。

死の女神の死の髪よりも速く、灼けた刃が頸に当たった。目の前には火之迦具土の眸がある。熾を宿した。その首には、遠い神代に父が与えた傷痕が赤々と印されている。燃えているように明々と。煙を吐いて。

「俺を死に至らしめた刃が、己には向かぬと思ったか」

刃が振り切られた。

伊奘諾尊を宿していた身体は二つに分かれた。剣の通り抜けた首より。

転げ落ちた白髪の頭部から、棒のように倒れる身体から、血の代わりにまばゆい光のようなものが噴き出し、一つに交わり大いなる鳥の姿に変じて飛び去った。天に広がり地に降り、散じた。

「ああああああああああああああああ！」

黄泉の女神が絶叫した。

「我が夫の君！　我が夫の君が……っ！」

全身を、長い髪の先までもわななかせた。

「我が夫の君……！　我がここまで迎えに参じたものを！　この手で……っ、この手で！　抱き連れ行かんとしたものを！　よくも！　よくもぉぉおおお！」

怒りのままにうねり伸びた黒髪は、捕らえるはずだった夫ならぬ息子を、火之迦具土を巻き取った。ねじ切るばかりに締めつけ引きずろうとする黒髪を、切ろうとも燃やそうともせず抗いもせず、とっ、と地を蹴り火之迦具土は母神のもとに跳んだ。〈死〉の懐に飛び込んだ。依童の稚い唇にくちづけ、ふっ、と呼気を吹き込み、それっきり。

明々と燃えるように印されていた過去の死の刻印から、火之迦具土は、氷上永留であった身体は、はらはらと灰となって散っていった。縛めていた黒い髪の輪が、ぱらりと落ちた。

（四）

地に落ちた黒髪はもはや動かなかった。女神を宿した少女は立ち尽くしたまま動かなかった。天鳥舟を取り巻く地球の神々も動かなかった。固唾をのんで成り行きを見守っていた。

〈死〉を恐れぬ、いま一柱の神だけが、少女の背後に降り立った。

「母上」と呼びかけた。

振り向いた少女の頬は濡れていた。一点の濁りも穢れも無い清らな涙が澄んだ黒瞳から尽きることなくあふれ流れていた。

「我は我に戻りました」

少女の姿をした母なる神は言った。

「我が妄執だけを焼き払って逝きました、あの子は……」

「意図せぬ出来事であったといえ、自身の誕生が貴女を苦しめ、黄泉路をたどらしめたことを」と、水蛭子神が告げた。「あれはずっと気にかけていたのです」

「痛ましいこと。哀しいこと。あれの責めを負うところではないものを」伊弉冉尊は涙を新たにした。

「ああ……、妄執に我を忘れ、愛の愛たるところを永く忘れていました。我が言の葉の、なんと浅はかであったことか」

「貴女はひどく苦しまれた。そのためです」

「苦しみは言い訳にはなりますまい」

「過ぎたことです」

「そう、みな過ぎ去りました。放たれた矢は戻りはしない。解き放った言の葉を引き戻すすべもまた。黄泉の呪言は我にも解くことはかないません。ゆえに、今、こう言いましょう。命あれ、と」

少女の織手一振り、伊弉冉尊は、呪われた地に祝福を撒いた。

たちまちのうちに地に積もった汚穢を押しのけ清らな芽がそこここに顔を出し、伸長を始めた。墓碑めいた巨大な矛の穂の周辺も一面に、清められた緑におおわれた。

死の女神は、生命の女神でもあった。

歓びに、地球の神々もどよめいた。

「我が夫に代わり、みなに申し伝えます。これよりは、それぞれが、それぞれの任に戻り務めるように、と。此度の災禍で、地球は嘆きに包まれました。神の慰撫が求められています」

神々に否やはなかった。それぞれが、かつてルルイエと呼ばれた大地を飛び立ち、破壊の痕を癒やすために散っていった。それぞれに依童を解放して。

「そなたにも」水蛭子神に向き直り、伊弉冉尊。「つらい思いをさせました」

「いいえ」水蛭子神は首を横に振った。「奇形として生まれ、それゆえに父に疎んじられた私が死を賜るや否やという時、貴女は私を庇い逃してくださった。我を我とも知らぬ頃のおぼろな記憶ながら、私を葦舟にゆだねた時の貴女の涙の温もりだけは、しかと覚えております」

「宇宙に寄る辺無く流れゆく生も、さぞや苦しかろうに」

「なんの」水蛭子神は、きれいな歯並びを見せ笑った。「楽しくやっております」

応えて伊弉冉尊も微笑んだ。

「我も戻るとしましょう」と言った。「我が夫の君も、我を案じてくれた愛し子も、そろって黄泉に下ってしまいました。あれらも」残る黄泉醜女、死者たちを指し示し、「連れて帰ってやらねばなりません」

「そうなされるのが良いでしょう」

「後を頼めますか？」

「お忘れなく」らしくもない生真面目な表情で水蛭子神は、「私は貴女の長子なのです」

「任せました」

「承りました」

すっ、と女神を宿していた少女の身体から力が抜けた。倒れかかる華奢なその身を、水蛭子神、ナイアルラトホテップは抱きとめ、抱き上げた。

第十一章　カダスより

（一）

以上が、地球がみまわれた大変動と神々の戦いのあらましだ。誰が読んでも信じられないと思う。ぼくだって信じられない。

これを書いている今、ぼくは世界の情報という情報から切り離されている。

今の時代になんと、ネット環境が無いんだ。光回線もケーブルテレビもＷｉ－Ｆｉももちろん。テレビも無い。ラジオも無い。そもそも電源が無い。ガスも無いし、灯油やガソリンも無い。鉄道はもとより、車、バイクすら走っていない。

光や熱については、なんだかよくわからない原理で供給されているし、飲食や寝る場所にも不自由はしていないが、なんだか『現代』に生きている心地がしない。この場所からは海は見えないけれども、気分としては、絶海の孤島に暮らしているような感じだ。どんな田舎だって、ここに比べれば都会だろう。

唯一の情報源が、ナイアルラトホテップと名乗るうさんくさいやつだ。彼は独自の情報網と交通手段を持っていて、遠方の状況も把握している。彼自身の言うところでは、だ。誰も彼の情報の信頼性なんて、確かめられない。

以前、古代の日本の武具をかたどった簪を挿していた彼は、今は、二匹の蛇を絡ませた翼のある杖状の簪で髪をまとめている。その形状がまた何かの象徴(シンボル)を思わせて、ぼくの頭を悩ませた。

彼は、ナイアルラトホテップの他にいくつ名を持っているのだろう。


ぼく、神唯人の今居る場所はカダスというらしい。ナイアルラトホテップが、「ここはカダスだ」と言った。

曰く、南極大陸の人跡未踏の中央に位置する広大な不毛の荒野の、さらに真ん中辺り、だそうだ。南極にそんな場所があるだなんて聞いたことも無い。そう言うと、ふふんと鼻で笑って、「それは君が無知だからだよ」と返した。

「君の種族の限界や、君自身の若さを考えれば無知も仕方ないけれど。ねぇ、君、だからって『知らない』ということを、あたかも武器であるかのように振りかざす態度はいただけないよ」

万事がこの調子だ。

ナイアルラトホテップの言うには、ぼくらが現在の住居としている屋敷は(とても大きい。探検に出かけると迷子になりそうなほどだ)一つの巨大な縞瑪瑙(しまめのう)から削り出されたものだそうだ。

ナイアルラトホテップの言うことなんて信用できないけれども、むき出しになっている壁面の材質は確かに縞瑪瑙のようで、継ぎ目がどこにも見当たらない。何かのオーバーテクノロジーによって造られたのだろうことだけは察せられる。

ナイアルラトホテップは、この土地と屋敷（彼は『宮殿』だと言った）について一渡り説明した後、ぼくらの反応の薄さに明らかに腹を立てていた。

「わからないのかね！　君たちは【あの】カダスに居るんだよ？　ランドルフ・カーターが日毎夜毎(ひごとよごと)に足を踏み入れることを夢見、醜き凶鳥シャンタク鳥に脅(おびや)かされながらも食屍鬼(グール)の力を借り、夜鬼(ナイトゴーント)の翼に運ばれてまで、訪れることを望んだカダスだ！　恐るべき広大な不毛のレン高原を越えてまで、この地を踏むことを熱望したカダスだ！　地球の神々の憩う都だ！　神々は今、所用があって出払っているが、その留守の間に、カダスの栄華の中心たる宮殿に特別に入ることを許されたんだよ、君たちは！　なのになんだ、そのつまらなそうな顔は！　感興を高尚な詩に詠み歌えとまでは言わないが、せめて旅行の観光客程度にははしゃいでみせたらどうなんだ！」

　ランドルフ・カーターって、誰なんだよ。というのが、ぼくの感想だった。

　ナイアルラトホテップは、確かにぼくらの知らないことを多く知っているようで、しばしば、ぼくらの無知を小馬鹿にしてみせるのだが、また、しばしば、ぼくらの知らないことを、知っていて当然、という顔でまくしたてる。意味のわからない熱弁を振るう。意味がわからないと素直に意見すれば、また小馬鹿にしたように嘲笑い、説教めかした際限のないおしゃべりを始めるんだ。ぼくはもう、彼が意味不明なことを言っても居眠り半分、聞き流すことにした。

　カダスの『宮殿』は、言われるとおりに見事な建築物で、空に突き刺さりそうな尖塔の立ち並ぶさま、高くアーチを描く天井、太い柱の立ち並ぶ回廊は異国情緒豊かに美しくもあった。外に広がる庭園は、なだらかな階段状に造成されていて、両岸から底まで大理石が敷かれた澄んだ水の流れる広い水路もあれば、噴水もある。水路には、やはり大理石でできているのだろうと思われる優雅な橋が、これもまたいくつも架けられていて、旅行に来たのならば、写真を撮りまくりたいような風情はあった。観光で稼げそうだ。

ぼくらは観光客じゃない。

（二）

なんだかものすごい悪夢にうなされて、汗びっしょりで目覚めれば宮殿の一室に居た。空調は快適で、ベッドのマットも適度に柔らかく毛布の手触りも最高。寝覚めの気分は最悪だった。

ぼくの目覚めを待ち構えていたらしいナイアルラトホテップは、ベッドで目をこすっていたぼくを見つけるや、嬉しそうに、部屋の中央に生えたこれも縞瑪瑙でできているらしいテーブルの上にノートを積み重ね、ペンを添えた。

「さあ、書きたまえ」と促した。

目覚めの直前の暗黒の前にぼくの見た、やけに生々しすぎる悪夢について、記せと言うんだ。

気乗りのしない様子を見せると、たちまち不機嫌になり、例の意味不明なお説教だ。

「君ねぇ、この件についてはよくよく自覚してもらいたいんだが、君の価値はおよそ『記録ができる』という一事に尽きる。そもそも神々が人類なんてちっぽけな存在に目をかけるのも、この能力あればこそ、だ。神は己が語られることを望むからね。記録を残す種族は超古代にも居たんだが、あれらには敬神の念が欠けていた。神を敬い神を記録する種族の出現まではそこそこ待たされたんだよ、私たちは。そして、かつて加護無くして多くを見聞きしすぎて狂気に至ったアブドゥル・アルハザードとは異なり、君には神の加護が与えられた。おかげで正気を保ったままここまで来られたわけだ。感謝して務めを果たしたまえ」

あんなとんでもない悪夢にうなされて、目覚めた今も目が覚めた気がしない。この状態がはたして『正気』なんだろうか。あと、だから、アブドゥル・アルハザードって誰なんだよ！

拒めば、という問いには、「レン高原に出て行ってもらうか、そうだな、宇宙の深淵にまでおもむいてもらって、アザトースのために奏でさせている子守唄に、ちょっとした興趣を添えてもらおうか」

レン高原やアザトースの恐ろしさについて延々と聞かされた。

「でも、今時、ノートとペンはないだろ！」

「お望みならば石板と鉄筆を用意しよう」

「PCは！」

電気は通っていないのだと、この時、知らされた。

「現代教育の最大の問題点は、何でもデジタルに依存しすぎたことだよ！　レポートも論文も手書きで出させればよかったんだ。デジタルなんて、電気が無ければ書けない読めない、消える時は一瞬だ！　雷一つで吹っ飛ぶんだ！　記録媒体として脆弱すぎるだろう」とんでもなく頭の固い年寄りみたいなことを言う。それともデジタルに何か恨みでもあるんだろうか。

あきれてうんざりしてるところに、「君ねぇ」さらにうんざりした口調で、ナイアルラトホテップは繰り言を続けた。「自分がどれだけ優遇されているか、いい加減、自覚したまえよ。あのまま天鳥舟の上で、汚物にまみれてぶっ倒れているのを放置しておいてもよかったんだ。それをわざわざ、身ぎれいにして、着替えさせてやって、快適な寝床まで運んであげたんだ。感謝の念が足りないよ、感謝の念が」

夢の中で散々吐き戻したり、漏らしてしまったことまで思い出して頭を掻きむしった。あれは夢だ。悪い夢……、だったのだと思いたい。

すべてを夢ということにするには、不自然な断絶が多すぎた。まず、郷改大の寮の一室から、カダスの宮殿の部屋までどうやって移動したのか。日本の山陰の一地方から、(ナイアルラトホテップの言葉を信じるならば)南極のど真ん中まで、寝ながら飛ぶには遠すぎる。

そういえば、南極の、おそろしく標高の高い所らしいのだが、ここは、それにしてはあまりにも気候が快適だ。これについてナイアルラトホテップに尋ねたところ、「ここはカダスだからね」の一言で片付けられた。必要な説明はケチるんだ。

(三)

これまでが夢だったのか、今も夢の中なのか。今が夢としても、快適な孤島みたいな環境以外は生々しすぎる。

生々しい快適すぎる夢の中で、夢が始まる前の、悪夢が始まる前から知っていた顔とも再会した。酒木千羽矢もその一人だ。他にも寮での顔見知り、教師の面々も居る。全員はそろっていない。居なくなったやつもいる。再会できた中でも、酒木千羽矢は比較的元気だったが、他はそうとも限らなかった。

衰弱して寝床から起き上がれない人が何人も居た。夢の中で神々の『依童』として活躍していた人たちの容態は特にひどかった。

舎監長だった大黒先生は、倒れて意識不明のまま、ついに二度と目覚めなかった。「多臓器不全」だと、附属病院の医師だった人が診断を下した。

「あまりにも大きな力を行使したからだ。肉体の限界を超えてしまったんだよ」ナイアルラトホテップが、珍しく少し悼むような表情を見せた。

パットも病床にあった。

何日も何日も高熱に苦しみ、たくましかった身体も見る影もなくやつれてしまった。左の眼窩は膿み爛れて、あてたガーゼを何度取り換えても、それはいつも血膿でべっとりと汚れ湿っているのだった。

「ヒドラの毒の血の滴が入ってしまったのだろうね」というのがナイアルラトホテップの診断だった。

「命が助かったとしても、左目の失明はまぬがれないだろう」

陽気で人懐こかった友人の苦しみように、ぼくも千羽矢も胸を痛めた。見舞いに行ったところでできることといって無かったけれども、目を離している間に何かあったら、と、怖くて、心配で、暇さえあれば二人、手を取り合ってパットの容態をうかがいに行った。

パットの右目が開いた時には、ぼくらはどれほど喜び合ったことか。開いた目がはっきりと焦点を結んだ時には、彼がぼくらの名を呼んだ時には、どれほど嬉しかったことか。

左目は、ナイアルラトホテップの予測した通り、白濁して視力を失っていた。

隻眼になってもパットはパットのままで、相変わらず人懐こく、優しかった。

「むかし、ワタシ、イケメンデスた。今、半分イケメンなりマスた」

「倍くらいイケメンになったよ」

「元気なりはったら、もっとイケメンなります」

「すぐ元気なりマス。二人とも見ているマス。見て驚くイケメンなりマス」

おどけて、ぼくらを元気づけてくれた。

氷上永留と宇佐美仁江は見つからない。

悪夢の始まりの夜のことは、あまりにも現実離れしていてとても現実とは思えない。一方で、まるきり無かったことにもしてしまえなかった。

夢とも現実ともつかない記憶の中の永留の最後の言葉……。

千羽矢を頼む、と言った。

どこかに帰りたかった、と言った。

初対面から掴みどころの無い印象だった永留の、あれが本当の心だったと思われてならない。ほかがどうでも、あの言葉は真実の声だったと思えてならない。夢にしてしまえない。

あの夜の記憶については、千羽矢には打ち明けていない。これからもずっと、ぼくの胸にしまっておくだろう。

（四）

地震は確かに起きたのだと、ぼく自身よりよほどに信頼できる千羽矢の言葉から、他の人たちの証言から、確認された。

何より、カダスの宮殿の根本に、打ち上げられて座礁した船のような郷改大が。敷地ごと根本からえぐり取られてそこに置かれたような郷改大の姿があった。地面の下だったはずの部分は半ば破損している。何が起きたのかわからないけれども、信じられない大きな変動は、夢ではなくあったんだ。今、『現実』のように感じられる、この光景が夢でないのならば。

あるいは、全部「夢ではない」と見せつけるために、郷改大の残骸は、カダスに運ばれたのかもしれない。

郷改大の施設内のかなりの部分はナイアルラトホテップによって封鎖されている。寮も封鎖されていて、みんな宮殿で避難生活だ。贅沢な避難所だけど、落ち着かない。

本来権限を持ってるはずの職員や教員は、なんだか気が抜けたみたいになっていて、まるっきり言いなりになっている。好き放題にされている。

そのくせナイアルラトホテップは、「後始末が」どうとか、「なんで私が」とかなんとか、ぶつくさこぼしながらストレスＭＡＸな表情で行き来している。ここで一番自由に振る舞ってるくせに。

先日やっと附属病院が開放された。

附属病院には自家発電施設も具わっていたはずで、使えたら、ここももう少し便利になるはずなんだけど、肝心のエンジニアが、泊まり込んでいたはずの人たちが消えていたので、使える人がいない。目下のところ、宝の持ち腐れだ。

有志がマニュアルと首っ引きで調べているけれども、どうにかなるのはまだまだ先のようだ。壊れている部分が開放されたり修理できるようになるにはもっと時間がかかるだろう。修理が可能かどうかもわからない。

現実の地震と連動する悪夢の中で日本列島が壊れながら沈んでゆく光景を見た。あんなものは現実じゃないと信じたい。けれども、郷改大がこの有り様では、少なくとも故郷は大きな被害を受けたのだろう。故郷——あの土地に居た頃には、つまらない田舎だと思っていた。出口の無い袋小路だと思っていた。帰れなくなってから、故郷は故郷になるのかもしれない。

　帰れないのは千羽矢も同じだ。

　永留を追って千羽矢が郷改大まで来たというのが本当ならば、永留は千羽矢を彼女の故郷から引き離し、もしかしたら、命を救ったのかもしれない。悪夢が夢でなかったなら。

　カダスで過ごすうちに、ぼくと千羽矢は一線を越えて親しくなった。永留が手前で立ち止まって、越えることのなかった一線だ。

　人と人をつなぐのは、もしかしたら純粋な思慕や好意よりも、胸にぽっかりと空いた空白を埋めたいという欲求なのかもしれない。

　後ろめたさと一緒に彼女を抱いて眠る夜、彼女は彼女の夢の話をする。地震で避難した直後に気を失って、その間に夢を見たのだという。「あんな、変なんやけどな」と、消えてしまった青年と同じイントネーションで語る。「夢ん中でみんなで出雲行っとってん。あん時みたいに。違うんは、みんな楽しそうに、よう笑（わろ）とったことで……。なんで、そんなふうにでけへんかったんかなぁ。ほんまに行った時にそんなふうに……でけとったら良かったのに……。こんな……、おらんようなってしまうんやったら……」

　スマホの電池がまだ残っていた頃、千羽矢はアルバムの写真をよく眺めていた。大鳥居の前で記念に撮った集合写真。パット以外はみんな冴えない顔をしている。本当に、せめて笑顔で写っていればよかったのに。本当に、なぜあの時、楽しめなかったのだろう。

　ぼくはスマホの電池が残っていた時分は、壁紙にしていた諭吉の顔を、四六時中眺めていた。

パットが撮ってデータを送ってくれたものだ。最後に会った時の写真だ。震えながら、弱った身体で力を振り絞って立って、ぼくを見上げていた諭吉の。電池がいずれ切れることはわかっていたから、見られる間に目に焼きつけておこうと必死だった。

両親の生死は不明だが、諭吉がもう居ないことだけは確かだった。最後に会って帰った夜のうちに、「逝ったよ」というメールが家から届いたからだ。最後にぼくと会うために弱った身体で待っていてくれたのか、と、あの夜、少し、ぼくは泣いた。

今も諭吉を思い出すと涙が出る。両親についての気持ちは整理がつかないままだけど、諭吉との思い出は、何か透明で純粋なかなしみになったようだ。あの時パットが言ったとおり、懐かしい、大切な思い出になったみたいだ。

(五)

パットは元気を回復するにつれて、しだいに頻繁にギリシャについて言及するようになった。元の奥さんのことが気になって仕方ないらしい。それもそうだろう。悪夢の始まる夜までは、毎日メールをやり取りしていたのに、あれから、倒れていた間はもちろん、意識を回復した後も連絡はとれないままだ。

「ワタシ、ここから出て行くマス」ついに宣言した。「ギリシャ帰るマス」

「冗談じゃない」ナイアルラトホテップは警告した。「カダスの気候が快適だからって勘違いしてるんだろうけどね、一歩外に出ると不毛のレン高原だ。標高はエベレストを超える。すぐに高山病になって行き倒れるのがオチだ。それか、シャンタク鳥の餌になるか」

「ワタシ、決意変わるナイ！　愛する人の元、帰るマス！」

「その、愛する人が、生きてるかどうかも知れたもんじゃないだろう」

「妻ハ、必ず生きてるマス！」

パットの意志の固さにナイアルラトホテップも折れた。「レン高原横断は無謀すぎる」と退けた後、危険ではあるが、相対的にはまだマシなルートが他にある、と提示した。

「忘れないでもらいたいのだが、たとえレン高原の領域を抜けたとしても外は南極だ。多少は酸素があって、気圧があって、シャンタク鳥が居ない程度で、過酷な環境であることに変わりはない。そして、南極大陸からギリシャ行きの船までは、私は調達しないよ。運良く沿岸まで行けたとして、後のことは自分でなんとかするんだな」

「神の力でなんとかできないわけ？」と訊けば、「私の庇護下から脱け出そうとする輩（やから）に貸す力なんて無いね」と、そっぽを向いた。「本来、見返りがあってこそ動くのが神々の流儀なんだ。彼らが私にいったい何を捧げてくれるっていうんだ。灯火や讃歌の一つもくれやしないだろう。シュブ＝ニグラスを信仰するユゴス星人の方がまだしもだ。ついでとはいえ私の名も唱え讃えてくれる」また、わけのわからないことを言って拗（す）ねていた。ただ、「捨てる神あれば拾う神あり、とも言うけれどね」とも、ぽつり、と。

パット以外にも、カダスを出て故郷を目指したいというやつは何人もいた。主に留学生だ。元から故郷から離れて来た彼らの望郷の念は、望みもせずに来た地で、いっそう強まっている。環太平洋から離れた土地から来た者ほど、希望を抱いているようだ。

日本生まれはほとんどがカダスに残ることに決めていた。みんな、故郷は恋しいけれども、希望も抱いていないから。懐かしい島国のあった場所に荒れ狂う波だけを見てしまうのが怖いから。

南極ならば、大陸沿岸の氷が解ける夏を待った方がいいだろう、と、旅立つ人たちは相談し、その間に準備を整えるように努めた。険しいだろう道のりに備えて、彼らは荷を作り、彼ら自身の体調を整えた。

「頃合いだ」と、ナイアルラトホテップがGOサインを出したある日、パットの一隊は出立した。ぼくと千羽矢は彼らがカダスから出てゆくぎりぎりまで見送りについて行った。ナイアルラトホテップは宮殿の地下深くへ彼らを導いた。潜るだけでも何度も休憩をとり食事も摂り、途中、階段の踊り場でキャンプを張って眠る必要まであった。

どこまで潜っただろう。縞瑪瑙の壁に、巨大な黒曜石の扉をはめ込んだ広間にたどり着いた時、「ここから先は」と、ナイアルラトホテップは言った。「ここから先は、もうカダスではない。この扉を開けて出て行けば、戻って来ることはできない。この扉も閉めてしまうからね。いいね？」

うなずく一同の前で縞瑪瑙の壁をなで、何をどう操作したのか、巨大な扉をスライドさせ、開けてみせた。扉の向こうは、火山性の岩でできた広く深い洞穴だ。どこまでも果てが見えない。

懐中電灯を取り出した一行に、「多分、それは終点までもたないと思うよ。節約したまえ。火は起こせるように支度してあるね？　けれど燃料も節約したまえ。途中で補給できるなんて思わないように。酸素はあるし、この道なら高山病の心配は無いけれども、別の危険もある。とびっきりのやつだ」突然、テケリ・リ！　テケリ・リ！　と甲高く鳴く真似をして、ニヤリと、「この音が聞こえたらとにかく逃げることだ。幸運を、祈らないよ私はね」不穏な忠告をした。

開かれた扉の前で、ぼくらはパットとハグし合って別れを惜しんだ。

「ギリシャ戻るたら、必ず連絡するマス」

「ぼくらのことはいいから、奥さんと会えたら、もう二度と離れないであげて」

「もちろんデス！　もう二度と、妻と離れるナイ。あなたたちのことも、忘れるナイ。絶対デス」

深い闇に吸い込まれてゆく心細い明かりを、ぼくらは見送った。

「みんな、おらんようなるんやね……」

千羽矢がぽつりと湿った声で言った。ぼくはただ、その手を握りしめることしかできなかった。握り返してくる細い指を感じていた。

ナイアルラトホテップが祈らない分、ぼくらがたっぷりと祈った。彼らが幸運に恵まれますように。彼らの故郷が無事でありますように。彼らが無事に故郷の土を踏めますように。愛する人たちと再会できますように。

あの悪夢の中で、日本列島は恐ろしい波に呑まれたけれど、環太平洋は壊滅だという言葉も聞こえたけれども、ギリシャは大西洋側だから。太平洋とは反対側だから、きっと無事だと思う。パットは別れた奥さんとちゃんと会えて、二度と離れないと思う。そう、信じたい。

ぼくらは……、残されたぼくらは、ここで抱き合うんだろうか。愛し合うんだろうか。根を下ろし、根を張って子供を作るんだろうか。育てるんだろうか。このカダスで。

カダスで生まれる子供にはどんな魂が宿るんだろう。亡くなった人が戻って来るんだろうか。あの災禍で（あれが夢でないのなら）亡くなった人たちも生まれ直すんだろうか。もしかしたら、氷上永留も、帰って……、くるのかな……。

（六）

カダスの宮殿で、みつからなかった顔、別れた顔もある代わりに、新しく加わった顔もあった。

平坂成実と紹介された少女は、ある者の言うには、五月に郷改大を騒がせた幽霊で、ぼくの悪夢の中では、死の女神の器だった。

彼女は今は壁を抜けたりしない。普通に回廊を歩いて普通に戸口から出入りする。目にして倒れる者も無ければ触れて誰かが死ぬこともない。普通の少女だ。髪はベリーショートでも、地に引きずる長さでもなく、ショートボブに切りそろえられている。とてもよく似合って可愛らしい。

彼女に接する時のナイアルラトホテップの様子ときたら！　愛娘（まなむすめ）に対する父親？　それとも溺愛する妹に対する兄だろうか？　いつもの冷笑的な彼とはまるで違う。傍目（はため）に見て笑えてくるほど大甘だ。

死の女神は、彼女の器になった子供の魂を圧し潰してはしまわなかったようだ。平坂成実の幼い魂は、女神の懐（ふところ）の中で損なわれずに生き延びた。

女神から解放された後の平坂成実の成長はめざましい。みなの前に姿を現すようになって間もない頃は、ぼうっと感情も表情も乏（とぼ）しい様子だったのが、日に日に表情も感情表現も豊かになってゆく。少しずつ声も出すようになってきた。容貌によく似合った可愛らしい声だ。人の名前も覚えて呼ぶようになってきた。

ナイアルラトホテップは、最初にぼくらに名乗った戎笑司の方を彼女に教えたようだ。舌っ足らずに「えーみー」と呼ぶ声が時々、宮殿内に響くようになった。足を止めて振り返るナイアルラトホテップを見かけるようになった。そのうち自我もしっかり自立してきて、わがままも言うようになってナイアルラトホテップを困らせるといい、と思っていたら、実際、行動範囲も広がっていって、ナイアルラトホテップを慌てさせている。彼でも慌てることがあるんだ。いい気味だ。

カダスは安全だけど迷子になるといけないと言って、姿が見えなくなるとそわそわして捜しに行く。おかげでぼくは、彼が『記録』と呼ぶ作業の進捗を見張る目から、少しの間は解放されて一息つくことができるようになった。

最近、平坂成実は、よく両腕いっぱいに花を抱えて歩いている。カダスの庭園には様々な花が咲き乱れているけれど、どこから摘んでくるのか、そのどれとも違う、可憐で香りの良い花だ。千羽矢にも分けてくれた。ぼくにも分けてくれた。

死の女神は何か、生の魔法を、彼女の器だった少女に残していったようだ。平坂成実の不思議な花は、いつまでもしおれず、地面に挿(さ)せば必ず根付く。平坂成実の歩く先々に、新しい花が揺れている。

ナイアルラトホテップにも彼女は花を渡しているのだろう。夜の宮殿のバルコニーで、ナイアルラトホテップが腕いっぱいの花に顔を埋めた後、空に向かって撒き散らしている姿が時折見られる。それはちょっとした祈りの儀式のようだ。撒かれた花はカダスの柔らかな微風に乗って、どこまでも飛んでゆく。もしかしたらカダスの外、レン高原までも。

レン高原も、いつか、果てまでも、可憐な花と甘い香に満たされるかもしれない。


――了――

あとがき

世にクトゥルフ神話大系と呼ばれる暗黒神話群ですが、そもそもの始点であるラヴクラフト作品に遡ってみれば、クトゥルフが明確に現れるものは実はあまり数がありません。クトゥルフの存在定義も、そのタイトルもずばり「クトゥルフの呼び声」という作品中においてすら、神と書いてみたり神ではないと書いてみたり、形状も烏賊のようであったり蛸のようであったり一定しません。ラヴクラフトの中にも混乱があったようです。また、「神話」と呼ぶには「描写された事件」は個人的体験に依拠する比較的小規模な怪異譚に留まります。気配はあります。何かスケールの大きなものを書こうとした意図。書ききれていない気配を感じました。隔靴掻痒。もどかしい。

しかし、私は、この混乱やもどかしさを尊重した上で、大きなスケールの物語を紡げるのではないか、との思いに捕らわれました。いわばもどかしさこそが、私にクトゥルフを書かせた原動力だったのです。

絶海の孤島の海妖ではなく、辺境で信仰される異形というだけではなく、もっと世界に決定的な絶望をもたらす存在たれ。

かくして大クトゥルフは育まれ、ルルイエは大陸となりました。

目覚めたクトゥルフがあまりに巨大になってしまったので、これはもう、個人的な不幸、不運程度では済みません。地球がどうにかなってしまいます。神様！　出番です！

「地球の神々」という存在は、私独自の案ではありません。ラヴクラフト作品の中に、言葉としては登場するのです。日本神話をモチーフに用いたのはさすがに、私の選択。私自身が日本の神々、わけても伊弉冉命に親しみを感じていたからですが——大好きなんです。黄泉比良坂の逸話が。

祟り神としての伊弉冉命をいつか書きたいと思っていました。

クトゥルフが地球規模の脅威として立ちはだかった時、太刀打ちできるのは誰か。我らが死の女神ではないか！　そう思いついた時には大興奮しました。

また、ナイアルラトホテップが、水蛭子神と結びついた時、頭の中でパチリ、ジグソーパズルが組み上がった手応えがありました。

当初は氷上永留、火之迦具土を主人公に、ヒロイックな展開にする予定でしたが、そう進めようとすると、どうも取ってつけたようなわざとらしさが、自分でも鼻につく気がして、結局、何の取り柄も無い普通の青年、神唯人が目撃者となる話となりました。

さて、大クトゥルフは死闘の末に斃れましたが、地球は完全に清浄になったわけではありません。クトゥルフは一体きりの存在ではありませんし。インスマスも滅びてません。

それに、本作では名のみ登場する、ヨグ＝ソトースも何を企んでいるのか。

いつか、そんな話もできると良いな、と思っています。

壱岐津礼

壱岐津 礼（いきづらい）

京都生まれ。幽霊のみっしり満ち満ちた京都で幽霊を呼吸して育つ。猫好き。ナイトランド・クォータリー Vol.28掲載の短編小説「赤鰯」にて商業誌デビュー。本作が単行本デビュー作となる。

TH Literature Series

かくも親しき死よ
天鳥舟奇譚（あまのとりふね）

著　者　壱岐津 礼

発行日　2023年3月7日

発行人　鈴木孝

発　行　有限会社アトリエサード
東京都豊島区南大塚1-33-1 〒170-0005
TEL.03-6304-1638 FAX.03-3946-3778
http://www.a-third.com/ th@a-third.com
振替口座／00160-8-728019

発　売　株式会社書苑新社

印　刷　モリモト印刷株式会社

定　価　本体2100円＋税

ISBN 978-4-88375-491-5 C0093 ¥2100E

Printed in JAPAN

www.a-third.com